जय सियाराम एवं अन्य कथाएँ

जय सियाराम
एवं अन्य कथाएँ

धीरेन्द्र सिंह जफ़ा

वाणी प्रकाशन

वाणी प्रकाशन
4695, 21-ए, दरियागंज, नयी दिल्ली 110 002
शाखा
अशोक राजपथ, पटना 800 004
फ़ोन : +91 11 23273167 फ़ैक्स : +91 11 23275710
www.vaniprakashan.in
vaniprakashan@gmail.com
sales@vaniprakashan.in

JAI SIYARAM EVAM ANYA KATHAYEN
by Dhirendra Singh Jafa

ISBN : 978-93-5000-474-6
Collection of Stories

प्रथम संस्करण
मूल्य : ₹ 95

सिटी प्रेस, दिल्ली-11 0095 में मुद्रित

वाणी प्रकाशन का लोगो मक़बूल फ़िदा हुसेन की कूची से

अपनी बात

यह कहानियाँ मेरे व्यक्तिगत अवबोधों की देन हैं। सारे पात्रों ने किसी न किसी रूप में मेरे जीवन को छुआ और मेरी चेतना को समृद्धि प्रदान की।

लेखों को त्रुटियों से मुक्त करने, उन्हें सँवारने का कार्य मेरी युवा विद्वान मण्डली के नवीन कुमार जैन, सोमेन्द्र कुमार मिश्र, अभिषेक कुमार पाठक, रवि रंजन कुमार ने बड़े परिश्रम और लगन से पूरा किया। साथ ही जामिया मिल्लिया इस्लामिया की डॉ. इन्दू वीरेन्द्र के सुझाव एवं संशोधन बहुत सटीक साबित हुए। इन सबका मैं आभारी हूँ।

–धीरेन्द्र सिंह जफ़ा

अनुक्रम

जय सियाराम एवं अन्य कथाएँ

जय सियाराम

फ़रवरी का महीना था, सर्दी अगना आख़िरी रंग दिखा रही थी। बाबरी मस्जिद का विध्वंस हुए करीब तीन माह हो चुके थे। हिन्दू समाज में उस समय के उन्माद का अन्धकार अब छँटने लगा था। उसके स्थान पर सन्तुलन एवं आत्मचिन्तन की किरणें प्रकट हो रही थीं। दूसरी ओर मुस्लिम समाज इस आघात की प्रारम्भिक स्तब्धता और हताशा से गुज़र कर भय और निराशा की ओर बढ़ रहा था। भय, हिन्दुत्व की उन्मत्तता से और निराशा, ऐसी सरकार और ऐसे नेतागण से, जो चालीस वर्षों से सेकुलरवाद और मुसलमानों की रक्षा के ढोल पीट-पीटकर सत्ता-सुख भोग रहे थे, परन्तु इम्तिहान की घड़ी में चुप्पी साधे बैठे रहे।

और अब हिन्दू एवं मुस्लिम दोनों जनाधार खिसकता देख

सत्तारूढ़ दल के सेकुलरवादी फिर हरकत में आने लगे। इनमें कुछ युवा नेता, जो बूढ़े शासक के कार्यकाल में अलग-थलग पड़ गये थे, आगे हो लिए। साँझी संस्कृति, गंगा-जमुनी तहज़ीब, सब धर्मों की मूल्य एकात्मता जैसे शब्द तो उनको कंठस्थ थे ही, अब फिर हर एक मंच पर, हर एक पाँच सितारा पार्टी में इन शब्दों के फ़व्वारे छूटने लगे। इनमें एक नया वाक्यांश 'सर्वधर्म समभाव' भी जुड़ने लगा। नामी-गिरामी अंग्रेज़ी स्कूलों में पढ़े और पाश्चात्य माहौल में पले इन युवकों की धर्मपरायणता प्रायः दिल्ली की एक ख़ास दुकान का सूती रंगीन कुर्ता पहन, हाथ में लाल धागे का कलावा बाँध और माथे पर लम्बा लाल टीका लगवाकर दोस्तों के बीच खड़े होने तक ही सीमित रहती थी। वे उदारवादी थे, अपने हिसाब से धर्मनिरपेक्ष भी थे और अपने ही हिसाब से हर नाज़ुक स्थिति का हल भी निकाल लेते थे। केवल, समस्याओं को समझने में नादानी कर बैठते थे। एक तरह से वे धर्म की ज़मीनी हक़ीक़त से अनभिज्ञ थे, वे नहीं समझ पाये थे कि इस युग में हिन्दू और मुस्लिम दोनों धर्मों के अनुयाइयों के लिए सिद्धान्त के बजाय अस्तित्व का मसला ज़्यादा बड़ा था, अपने समाज के उत्थान की योजना बनाने के बजाय धर्म का भड़कीला प्रदर्शन अधिक आवश्यक था, भविष्य के बजाय भूतकाल अधिक महत्त्वपूर्ण था।

इसी प्रकार के एक क्रियाशील, साहसी युवक जितेन्द्र कालरा थे। एक युवा प्रधानमन्त्री के शासनकाल में उन्होंने यूरोप और अमरीका की प्रत्येक महत्त्वपूर्ण राजधानी में भारत की 'अनेकता में एकता' दर्शाने के लिए बड़ी-बड़ी प्रदर्शनियाँ लगायीं, जिनमें देश के कोने-कोने से सांस्कृतिक कार्यक्रम आदि पेश किये गये। उन्होंने ख्याति अर्जित की, धन अर्जित किया और राजधानी की आला बैठकों में भारत के सांस्कृतिक 'ज़ार' के नाम से उनका परिचय कराया जाने लगा। परन्तु अब सत्ता बदलने के साथ उनका दबदबा कमज़ोर पड़ने लगा था। वे घंटों एकान्त में विचार करते कि कैसे फिर प्रसिद्धि और प्रकाश में लौटा जाये। एक दिन उन्होंने एक मन्त्री जी का भाषण

सुना, जिसमें राम जन्मभूमि-बाबरी मस्जिद के सन्दर्भ में हिन्दू-मुस्लिम एकता बनाये रखने की आवश्यकता की पुरज़ोर सिफ़ारिश की गयी थी। बस, कालरा जी को बैठे बिठाये मुद्दा मिल गया। यदि वे ऐसा कुछ कर दिखाएँ जो हिन्दू-मुस्लिम एकता का प्रतीक बन जाये तो भारत क्या, विश्वस्तर पर उनकी वाहवाही होनी सम्भव ही नहीं बल्कि निश्चित थी।

जितेन्द्र कालरा ने तुरन्त अपने कलात्मक मित्रों से परामर्श किया और अयोध्या के लिए एक योजना रच डाली। अन्त में वे दो ऐसे मित्रों को साथ लेकर, जो उनके अनुयायी तो रहें परन्तु प्रतिद्वन्दी कभी न बन पायें, उन्हीं मन्त्री जी के दरबार में हाज़िर हो गये। मन्त्री जी भी अपने लिए किसी बड़ी उपलब्धि के इच्छुक थे। अतः उन्होंने कालरा जी को आशीर्वाद के साथ-साथ समस्त सुविधाएँ भी उपलब्ध करा दीं, केवल इस शर्त के साथ कि सही समय पर मन्त्री जी को सामने लाकर उनकी जय-जयकार अवश्य कराई जायेगी।

जितेन्द्र कालरा ने टेलीफ़ोन घुमाये और घुमवाये। फलस्वरूप वे अयोध्या के एक प्रतिष्ठित परिवार के मेहमान बन कर वहाँ पहुँच गये, मित्रगण भी साथ थे। उनके आग्रह पर परिवार के मुखिया ने अयोध्या और फ़ैज़ाबाद के प्रमुख हिन्दू एवं मुस्लिम नागरिकों की फ़ेहरिस्त पर नज़र डाली और ऐसे बीस लोगों को इंगित किया जो समाज में जाने-माने थे और अपनी-अपनी धार्मिक बिरादरी में परामर्शदाता एवं मार्गदर्शक की भूमिका में सक्रिय थे। इन सबको चाय की दावत दी गयी। यह जानने पर कि कुछ बाहरी लोग अयोध्या मसले पर विचार-विमर्श के इच्छुक हैं, सब आमन्त्रित महानुभाव समय से वहाँ पहुँच गये।

औपचारिक परिचय एवं मौसम की आवारागर्दी की चर्चा के पश्चात्, असलम साहब ने मेज़बान महोदय से पूछा, "तो हुक्म कीजिए, हम लोगों को कैसे याद फ़रमाया?"

पं. दीक्षित जी बोले, "दिल्ली से आये जितेन्द्र जी भारतीय संस्कृति विशेषकर हमारी सांझा संस्कृति के बड़े ज्ञाता हैं। हमारी

पारम्परिक सभ्यता को आपने अनेक देशों में प्रदर्शनी, नाट्य, एवं संगीत के माध्यम से दर्शाया है और भारतीय संस्कृति के लिए अनुपम ख्याति एवं सम्मान अर्जित किया है। अयोध्या की हाल की दुःखद घटना से विचलित होकर जितेन्द्र जी एवं उनके साथी आप लोगों से परामर्श करने हेतु आये हैं कि अब क्या होना चाहिए, कैसे आपसी दूरियाँ सदा के लिए समाप्त की जायें, आपसी रिश्तों को कैसे नयी दिशा दी जाये। मैं यह भी बता दूँ कि देश के प्रभावशाली लोगों में, विशेषकर मौजूदा सरकार में, आपकी अच्छी पैठ है। जो विचार इनके माध्यम से प्रस्तुत किये जायेंगे, उनको क्रियान्वित करने में अड़चनें न आने की प्रबल सम्भावनाएँ हैं।"

जितेन्द्र जी की मौजूदा सरकार में पैठ होने का ज़िक्र सुन कर मुस्लिम मेहमानों की भवें चढ़ गयीं। वे एक-दूसरे की ओर इशारतन देखने लगे। कुछ क्षणों के पश्चात् जलीली साहब ने कहा, "तो आपको सरकार की ओर से भेजा गया है? जब सब कुछ बर्बाद हो रहा था तो मर्कज़ी सरकार चुप्पी मारे बैठी थी। अब घावों पर मरहम लगाने का सोचा जा रहा है?"

जलीली साहब की आवाज़ और लहज़े में मुसलमानों की हताशा और बेबसी झलक रही थी। जितेन्द्र जी ने जल्दी से कहना शुरू किया, "देखिए, मुझे सरकार ने यहाँ नहीं भेजा है। मुझे जिन्होंने यहाँ आने के लिए प्रेरित किया, वे अधिकांश मेरे मित्र और सहयोगी हैं। उनका राजनीति या पार्टियों से कोई लेना-देना नहीं है। वैसे आप भी जानते हैं कि सरकार की मदद के बिना कोई सार्वजनिक योजना पूरी नहीं की जा सकती है। सरकार किसी भी पार्टी की हो, उसकी मदद तो ज़रूरी होती ही है। इस सरकार में मेरे सम्बन्ध कुछ ऐसे लोगों से हैं जो शायद मुझसे भी ज़्यादा इस हादसे से दुःखी हैं और किसी भी क्रियात्मक प्रयास को बढ़ावा देने के इच्छुक हैं। इसलिए कृपया मुझे सरकारी क्रियाकलापों से अलग मान कर ही आगे बढ़ें।"

मुस्लिम सदस्य ख़ामोश रहे। शायद वे जितेन्द्र जी के कांग्रेस एजेंट न होने की बात पचा नहीं पा रहे थे। बातचीत आगे बढ़ाने के

प्रयास में ठाकुर देवदत्त जी ने कहा, "जो हो गया सो हो गया। यहाँ बैठे आप लोग समाज में विशिष्ट स्थान रखते हैं, आपकी पहल पर हज़ारों लोग दिशा पकड़ते हैं। और अन्त में अयोध्या-फ़ैज़ाबाद वासियों को ही साथ रहना है, बाहरी लोग तो खुराफ़ात करके अपने-अपने घर निकल जायेंगे। इसलिए हम लोगों को भविष्य निर्माण की चेष्टा अवश्य करनी चाहिए।"

ठाकुर देवदत्त उन चन्द बड़े, प्रभावशाली लोगों में थे जिन्होंने मस्जिद विध्वंस से ऐलानिया अपने को अलग रखा था। मुस्लिम समुदाय में उनका आदर था। इनसे पृथक देवधर त्रिपाठी सोचते थे कि उनका हाथ हमेशा जनता की नब्ज़ पर रहता था और वे जो कहें उसको जनता की आवाज़ मानने में ही सबकी भलाई सुनिश्चित हो सकती थी। वे किसी भी विषय में निष्कर्ष पर पहुँचने और समस्या का समाधान ढूँढ़ने के लिए उतावले भी हो जाते थे। बोल पड़े, "मेरे मुस्लिम भाई बुरा न मानें, इतना बड़ा कांड जनमानस के दृढ़ निश्चय के बिना नहीं हो सकता था। आख़िर देश के अस्सी प्रतिशत लोग, जिनकी संख्या करोड़ों में होगी, उनका एक मसले पर एकजुट होना मायने रखता है। व्यवस्था जो भी हो उनकी इच्छाएँ तो सर्वोपरि रखनी ही होंगी।"

नौशाद साहब इस विचार को बिना चुनौती दिये नहीं रह सकते थे। वे बोले, "जनाब, इस अस्सी प्रतिशत के सत्तर फ़ीसदी तो जानते ही नहीं कि बाबरी मस्जिद-राम जन्मभूमि है कहाँ और यह मसला है क्या? उनके लिए तो सारी अयोध्या राम जी की है। वे अपने भगवान की व्यापकता समझते हैं, उसमें विश्वास रखते हैं, बचे दस फ़ीसदी ही फ़र्क़ तरीके से सोचते हैं। इन्हीं में दिमाग़ी तंगहाली नज़र आती है।"

इस बाबत अखिलेश दास अपना दृष्टिकोण सबको पहले से ही समझा रहे थे। उन्होंने तुरन्त कहा, "जनाब, इन्हीं सत्तर फ़ीसदी में से एक गँवारिन अनपढ़ी महिला की राय आपको सुना दूँ, सब कुछ स्पष्ट हो जायेगा। पिछले साल अयोध्या परिक्रमा करने मैं भी

निकला था। मेरे बगल एक गाँव की महिला चल रही थी। एक हाथ में छोटा बच्चा और दूसरे में एक रस्सी जिसमें बँधी उसकी बकरी चल रही थी। मुझसे रहा न गया और पूछ बैठा, "बच्ची, इस बकरी को भी परिक्रमा करा रही हो?"

बिना हिचकिचाए, शान्त भाव से उसने उत्तर दिया, "कमबखत रस्सी तुड़ा के पीछे-पीछे भाग आयी। अब का करी? सोचित हैं जाके भाग भी परबल हैं।"

कुछ दिन बाद मैं अयोध्या गया, लौटते समय सोचा कि जन्मभूमि के दर्शन भी करता चलूँ क्योंकि वहाँ का ताला हाल ही में खुला था और आम लोग गर्भगृह तक जा सकते थे। जैसे ही मैंने बीच के गुम्बद में प्रवेश किया, मुझे वही परिक्रमा वाली महिला दिखी। वह कुछ उत्तेजित सी थी और रामलला की मूर्ति को कभी सामने से देखती, कभी बायें से तो कभी दायें से। उसने मुझे देखते ही पहचान लिया और झट से मेरा हाथ पकड़ कर बोली, "बाबू, देखो, जहीं जन्मे थे कौसल्या जी ने। जहीं भगवान जन्मे थे।" उसकी बोली में उत्तेजना थी और चेहरे पर अटूट विश्वास की आभा थी। अब आप ही बताइए कि उस सत्तर फ़ीसदी को आप क्या समझा सकते हैं? एक तरफ़ भगवान का स्थान, दूसरी तरफ़ एक बादशाह का बनाया धर्मस्थल जिसकी कोई अन्य विशेषता नहीं। किसी पीर-पैगम्बर से सम्बन्ध नहीं। वैसे हमारी-आपकी राय से कोई फ़र्क़ पड़ने वाला नहीं है, फिर भी इस तथ्य को ध्यान में रखना लाभप्रद होगा।

जितेन्द्र कालरा समझ रहे थे कि धार्मिक विषयों पर इस तरह की बहस आख़िर में निरर्थक ही साबित होती है, हर कोई अपनी ही बात ऊँची रखता है, दूसरे की सुनने को तैयार नहीं होता, आस्था भी उन्माद और अहंकार का रूप ले लेती है। अतः अपने मक़सद का ध्यान रखते हुए उन्होंने कहा, "आप सभी लोग विचारशील हैं और मुझे उम्मीद है कि देशहित आपके विचारों में अवश्य सर्वोपरि होगा। नौशाद साहब ने भगवान की व्यापकता के विषय में जो कहा उसमें बहुत वज़न है। आख़िर ख़ुदा को, ईश्वर को, मस्जिद-मन्दिर

में ही क्यों सीमित किया जाये? वैसे भी अब हम लोग इक्कीसवीं सदी में प्रवेश करने वाले हैं। हमें इस सब से ऊपर उठ कर सोचना होगा। आख़िर देश और समाज के हित में क्या है—आपसी वैमनस्य, ख़ूनख़राबा, या एक नयी पहल, एक नया निर्माण जिसमें सभी समाहित हो सकें।"

जलीली साहब बोले, "ज़रा साफ़ कीजिए, यह नया निर्माण, नयी पहल...यह इशारा किस तरफ़ है?"

जितेन्द्र कालरा ने अपने साथ आये एक सज्जन की ओर देख कर कहा, "यह माधव बाबू हैं, एक बड़े कलाकार, पेंटर और फ़ोटोग्राफ़र। इनकी कृतियाँ दुनिया भर में प्रदर्शित की जा चुकी हैं। आप इन्हीं से सुनिये कि बड़े-बड़े विद्वान, धर्मज्ञाता एवं धर्मनिरपेक्ष लोग इस विषय पर क्या सोचते हैं।"

उपस्थित लोगों में से कई माधव बाबू की कृतियों से वाक़िफ़ थे, हालाँकि उनको पहली बार ही देख रहे थे। वे सहज सम्मान से माधव बाबू की ओर मुख़ातिब हुए।

माधव बाबू ने हाथ जोड़ चारों ओर नमस्कार किया और बोलना आरम्भ किया, "देखिये, यह मन्दिर-मस्जिद विवाद स्वतन्त्र भारत की सबसे ज्वलन्त समस्या बन चुका है। देश के शीर्षस्थ सांस्कृतिक क्षेत्रों में इस पर अनेक चर्चाएँ हुई हैं। सभी स्वीकार कर रहे हैं कि अब समय आ गया है जब धर्म को असहिष्णुता से ऊपर उठाने की आवश्यकता है। कम से कम अब ऐसा कोई निर्माण आदि न किया जाये जो भविष्य में उन्माद और वैमनस्य को बढ़ावा दे सके। प्रयत्न तो यह होना चाहिए कि धार्मिक अनुष्ठान आज के अस्तित्व वाले मन्दिर-मस्जिद तक ही सीमित रहें। भविष्य में केवल ऐसी धरोहरों को प्रोत्साहित किया जाये जो आपसी भाईचारा और दया भाव से प्रेरित हों और इन्हीं मूल्य-मान्यताओं की पुष्टि करें। आप समाज के पुरोधा हैं, अपनी सूझबूझ से सुझाव दीजिए कि इस मसले को किस दिशा में ले जाया जाये, इस स्थान पर क्या किया जाये जो समस्त समाज के हित में हो।"

देवधर त्रिपाठी तुरन्त पूछ बैठे, "आपका आशय है कि जन्म स्थान पर मन्दिर के अलावा कुछ और बनवाया जाये?"

"यह तो आप ही लोग निश्चय करेंगे।" माधव बाबू ने कहा, "मन्दिर बने या मस्जिद बने, यदि दोनों न बन सकें तो तीसरा क्या बने।"

सम्मिलित लोगों में सन्नाटा छा गया। कोई भी अपने विचार अन्यों से पहले स्पष्ट करने का इच्छुक नहीं था। कुछ क्षणों बाद जितेन्द्र कालरा के दूसरे साथी बोले, "देखिये, दिल्ली में चर्चाएँ चल रही हैं कि इस स्थान पर कुछ ऐसा निर्माण किया जाये जो किसी एक समुदाय का न हो, बल्कि सभी का हो। जहाँ पहुँचकर हर कोई शान्ति महसूस करे, उसका मन प्रसन्न हो और वह सबके भले की सोचे। एक ऐसे सुन्दर, रमणीक स्थल का निर्माण हो जहाँ बाग-बगीचे हों, फ़व्वारे हों, जीव-जन्तु विचर रहे हों, जहाँ सृष्टि के आनन्द में लीन होकर जन-मानस सृष्टिकर्ता को साधुवाद दे सके और पूरी सृष्टि में आत्मीयता का बोध कर सके।"

जलीली साहब ने चुटकी ली, "जनाब ख़याल तो बहुत ख़ूबसूरत है...।"

जितेन्द्र कालरा इस परिचर्चा को हलका नहीं होने देना चाहते थे। उन्होंने तुरन्त मोर्चा सँभाला, "यह आप स्थानीय लोगों पर निर्भर करता है कि उस स्थल का किस प्रकार, किस आशय से उपयोग किया जाये। कुछ लोग सोचते हैं कि इस स्थान पर एक विशाल आयुर्वेद संस्थान एवं अनुसन्धान केन्द्र बनाया जाये जिसकी जनता को विशेष आवश्यकता है, पूर्वांचल में ऐसा कोई संस्थान है भी नहीं। कुछ अन्य लोगों का मत है कि इर्द-गिर्द की और भूमि को मिलाकर एक सर्व-धर्म स्थल बनाया जाये जहाँ एक मन्दिर, एक मस्जिद, एक गुरुद्वारा और एक चर्च हो, सभी धर्मों के लोग एक ही प्रांगण में अपने ईश का स्मरण करें, सद्भाव और सहिष्णुता का आदर्श प्रस्तुत करें।"

जितेन्द्र कालरा रुके और श्रोताओं को निहारने लगे। सब लोग

ख़ामोश थे, अपने-अपने ख़यालों में डूबे थे। जितेन्द्र कालरा जी समझ बैठे कि उनके सुझावों पर गम्भीरता से मंथन हो रहा है। वे आगे बढ़ने के लिए प्रेरित हो गये।

बोले, "एक सुझाव और भी है जो स्वयं मुझे भी भाता है। मैं कल्पना करता हूँ एक विशालकाय स्तम्भ की, जिसका शिखर आसमान की बुलन्दियों तक पहुँच रहा हो। इसका आधार चौमुखी हो और ऊपर की ओर संकीर्ण होता चला जाये। इसके चौमुखी आधार पर चारों धर्मों के ख़ास वाक्य, श्लोक, चौपाइयाँ, आयतें आदि खूबसूरत पत्थरों पर नक़्क़ाशी द्वारा लिखाई जायें। सम्भव हो तो श्लोकों, आयतों के अनुवाद भी प्रदर्शित किये जायें। एक ही स्तम्भ के चारों ओर खड़े होकर चारों धर्मों के अनुयायी अपने-अपने हिसाब से ईश के ध्यान में एक साथ लीन हों। अनेकता में एकता की मिसाल इससे बढ़कर और क्या हो सकती है?"

"वाह-वाह, क्या बुलन्द ख़याल है"—जलीली साहब फिर चुप न बैठ सके।

जितेन्द्र कालरा को जैसे फिर प्रेरणा मिल गयी, वे और आगे बढ़े, "यही नहीं, यह स्तम्भ तो केन्द्र में होगा, सुन्दर हरी घास से घिरा, बाहर की ओर चार सुन्दर छतरियाँ बनेंगी जहाँ बैठकर इस शान्त वातावरण का आनन्द लिया जा सके। उसके चारों ओर विशाल बगीचा, फ़व्वारों और रंगीन रोशनी से जगमग। और दो-ढाई सौ मीटर हट कर चार भव्य भवन जिनमें चारों धर्मों के ग्रन्थों का संग्रह, म्यूज़ियम एवं प्रदर्शनी की व्यवस्था, और सबसे आधुनिक उपकरणों से लैस शोध संस्थान जहाँ विद्वानों और धार्मिक गुरुओं का निरन्तर आना-जाना लगा रहे।"

जितेन्द्र कालरा अन्ततः रुक ही गये। दो-चार लम्बी साँस लेने के पश्चात् वह स्वयं में प्रफुल्लित होकर कमरे में उपस्थित लोगों की ओर देखने लगे। परन्तु प्रत्याशित उत्साह की जगह उन्हें दूसरी ओर भी लम्बी साँसों की सरसराहट ही सुनाई दी। उसके बाद एक अभेद्य सन्नाटा। यहाँ तक कि जलीली साहब भी कुछ न बोले।

देवधर जी अजीब सा मुँह बनाये ज़मीन पर आँखें गड़ाये बैठे रहे। पल-पल यह ख़ामोशी एक बोझ बनती जा रही थी। लगता था कि अयोध्या-फ़ैज़ाबाद का प्रत्येक उपस्थित व्यक्ति इस बोझ को धक्के से अलग कर उस कमरे से बाहर निकलना चाहता था।

ख़ामोश बैठे लोगों में जब कुछ बेचैनी सी होने लगी तो मेज़बान पं. दीक्षित जी को शक हुआ कि सब लोग उठकर चल न दें। वे हर एक की रग-रग से वाक़िफ़ थे और समझ रहे थे कि दिल्ली की टीम के विचार अप्रत्याशित तो थे ही, कुछ बचकाना और ज़मीनी सच्चाई से भी परे थे। फिर भी जितेन्द्र कालरा और उनके साथी मेहमान थे, उनको सहजता से ही विदा करना उचित था। अतः उन्होंने कहा, "देश के अन्य तबके क्या सोचते हैं, उनके इस विषय में क्या विचार हैं, यह आपने अभी सुना। अभी तो यह विचार प्रारम्भिक चरण में ही होंगे और इनमें शोधन एवं परिमार्जन अवश्य होगा। इसलिए मेरा सब उपस्थित सज्जनों से अनुरोध है कि अपने विचारों से जितेन्द्र जी को अवश्य अवगत कराएँ।"

उखड़ती महफ़िल थम गयी। अखिलेश दास जी चुप्पी तोड़ते हुए बोले, "जैसा पहले भी स्पष्ट हो चुका है, यह मसला आस्था से जुड़ा है। हमारे-आपके इस भव्य कमरे में गुफ़्तगू करने से इसका हल निकल सकेगा?"

देवधर त्रिपाठी ने तुरन्त कहा, "जी, एक तरफ़ अस्सी प्रतिशत जनता की आस्था, दूसरी ओर बीस प्रतिशत की। क्या हम इतने बड़े समुदायों की नुमाइन्दगी कर सकते हैं, उनकी तरफ़ से हामी भर सकते हैं?"

"लेकिन अपनी ज़ाती राय तो दे सकते हैं?" पं. दीक्षित ने आग्रह किया। परन्तु फिर वही ख़ामोशी। अन्त में दीक्षित जी ने प्रार्थना-भाव से ठाकुर देवदत्त की ओर देखा। दीक्षित जी का आशय इस समय केवल मेहमानों को अवहेलना से बचाते हुए मीटिंग को समाप्त कराने का था, परन्तु वे चूक कर बैठे। आवश्यकता तो नौशाद साहब जैसे शीरीं-ज़बां व्यक्ति की थी जो शब्दों के जाल

बिछा कर सबको मन्त्रमुग्ध कर सकता और कोई ख़ास विकल्प भी न उभरने देता। ठाकुर साहब को लाग लपेट पसन्द नहीं थी, सीधी सच्ची बात करते थे।

वे बोले, "उपस्थित लोगों की अपनी-अपनी राय अवश्य होगी, होनी भी चाहिए, समाज में रहकर यह मुमकिन नहीं है कि गंगू तेली से लेकर बादशाह-ए-आज़म तक कोई ऐसे ज्वलन्त मुद्दे पर विचार न करे और अपनी आन्तरिक इच्छा से अनभिज्ञ हो। तो लीजिए, यही पूछ लेते हैं कि यहाँ बैठे लोग क्या चाहते हैं। बोलिए जलीली साहब, आप उस स्थान पर किस किस्म का निर्माण देखना चाहेंगे?"

जलीली साहब सामने देखते रहे, परन्तु बोले कुछ भी नहीं। कुछ क्षणों बाद ठाकुर देवदत्त ने अखिलेश दास जी से वही सवाल किया। वे भी मौन धारण किये बैठे रहे।

देवदत्त जी ने कहा, "जनाब, हमारे मुस्लिम बिरादरान को कुरेदिये, उनके मन में झाँकिए, एक स्वर से वे सब यही कहेंगे कि उस स्थल पर वे मस्जिद, केवल मस्जिद देखना पसन्द करेंगे। और त्रिपाठी जी और उनके धर्मावलम्बी वहाँ केवल राममन्दिर की कल्पना कर सकते हैं, यह बगीचे, फ़व्वारे, आकाश छूते स्तम्भ, यदि उस एकल मस्जिद या मन्दिर का हिस्सा हों तो मंज़ूर हैं, अन्यथा आप लोग अपने ख़्वाब अपने पास रखें।"

फिर एक सन्नाटा। दिल्ली से आये लोग स्तब्ध थे, उनके मंसूबों पर इन जाहिल, छोटे शहरों की मानसिकता वालों ने पानी डाल दिया था। सन्नाटे को तोड़ते हुए स्वयं ठाकुर साहब ने कहा—'यदि यहाँ उपस्थित हर कोई हिन्दू या मुसलमान भाई मुझसे इत्तफ़ाक़ न करता हो तो आगे आये।'

जलीली साहब ने, "बेशक, बेशक"—कहते हुए सबको फ़र्शी सलाम बजाया और कमरे के बाहर हो गये। उनके पीछे सभी औपचारिकता निभाते हुए वहाँ से चल दिये।

* * * * *

मन्त्री जी ने जितेन्द्र कालरा की रिपोर्ट सुनी, उस पर कोई

टिप्पणी नहीं की। अन्त में अपनी चुप्पी तोड़ते हुए बोले, "चलिए, देखा जायेगा।" वे उठकर कमरे से चले गये। जितेन्द्र जी और उनके सहयोगी अवाक् रह गये, फिर धीरे-धीरे वे भी बाहर हो लिए।

अयोध्या में दो एक दिन दिल्ली के सुझावों पर चर्चा हुई और फिर बात आई-गई हो गयी। इस समय कुछ अग्रणी हिन्दू संगठन रामलला के विषय में समय-समय पर केवल बयानबाज़ी करके अपनी उपस्थिति दर्ज़ करा रहे थे। यह कि रामलला टीन टारपोलीन के नीचे गरम हवाओं के थपेड़े खा रहे हैं या आँधी-पानी से उनके वस्त्र भीग जाते हैं, अनगिनत कठिनाइयों और कष्टों को हमारे आराध्य झेल रहे हैं, यह कि हिन्दू देश में उनकी ऐसी अवहेलना असहनीय होती जा रही है...वग़ैरह, वग़ैरह। परन्तु ज़बांख़र्च के अलावा रामलला के लिए कोई कुछ नहीं कर रहा था। वास्तव में हिन्दू जन-मानस इसी में सन्तुष्ट था कि उस स्थान से बाबरी मस्जिद की एक-एक ईंट का सफ़ाया हो चुका था। गर्मी-सर्दी-बरसात में रामलला के कष्टमयी होने से आम हिन्दू को ख़ास फ़र्क़ नहीं पड़ता था। वैसे भी भगवान के लिए सर्दी-गर्मी-बरसात का क्या महत्त्व, एक पीपल के वृक्ष के नीचे रखे पत्थर में जब महाशिव परम आनन्द में विराज सकते हैं तो उनके लिए मन्दिर या शिवालय का अभाव हिन्दू जन-मानस को अधिक उत्तेजित नहीं करता।

हिन्दुओं की ओर से मन्दिर निर्माण के लिए किसी प्रकार की उनमत्तता न देख दिल्ली में बैठे राजनीतिज्ञ समझ गये कि आन्दोलन शिथिल पड़ गया है। मन्त्री जी ने फिर मन बनाया कि अयोध्या में कोई नयी पहल की जाये। अयोध्या मसले के हल से उनकी प्रतिष्ठा में चार चाँद लगने तो निश्चित थे ही, क्या ठीक कि ऐसी उपलब्धि उन्हें सीधे राजनीतिक शिखर पर ले जाये। मन्त्री जी के अतिरिक्त दिल्ली के गलियारों में अनेक ऐसे लोग थे जो इस स्थिति से हर सम्भव लाभ अर्जित करने के प्रयास में थे। वे इसी प्रकार की अशान्त, आन्दोलनरत परिस्थितियों की तलाश में रहते थे जिनको चटपट भुनाया जा सके। ऐसी ही दिल्ली की एक संस्था थी जिसके

कर्ताधर्ता अपने को वामपन्थी विचारधारा के बताते थे। वामपन्थी होने का सीधा मतलब आँख बन्द कर अमेरिका की ख़िलाफ़त, चीन की हिमायत, देश के अन्दरूनी मामलों में मुस्लिम-परस्ती और हिन्दू हितों का कठोर विरोध। इस समय संस्था की अग्रणी दूत एक महिला थीं—युवा, आकर्षक और मुस्लिम, यानी तमीज़, तहज़ीब से ओतप्रोत। मतलब यह कि उनके लिए हर दरवाज़ा खुल जाना सहज और स्वाभाविक था। दिल्ली के एक समारोह में वे मन्त्री जी तक पहुँच गयीं। चुनिन्दा शब्दों में उन्होंने हिन्दू-मुस्लिम सद्भाव की आवश्यकता का, विशेषकर अयोध्या में, ऐसा तानाबाना बुन डाला कि मन्त्री जी प्रभावित होने से न बच सके। उन्होंने तुरन्त एक योजना प्रस्तुत करने की अनुमति दे दी।

योजना के तहत फ़ैज़ाबाद शहर में 'राम-कथा' विषय पर एक प्रदर्शनी लगेगी। पूरे सप्ताह उसी विषय पर गोष्ठियाँ, वक्तव्य, मुशायरे और कवि सम्मेलन होंगे। आशा थी कि स्थानीय जनता एवं आस-पास के शहरों के श्रद्धालु, बुद्धिजीवी, रसिक उन कार्यक्रमों का आनन्द लेने के लिए उमड़ पड़ेंगे और पूरे एक सप्ताह फ़ैज़ाबाद शहर अद्भुत भाईचारा और श्रेष्ठ अनुभूतियों से ओतप्रोत रहेगा। इस कार्यक्रम की समाप्ति अयोध्या में सरयू तट पर एक भव्य, अविस्मरणीय संगीतमयी शाम से होगी जिसमें समस्त भारत के शीर्षस्थ गायक, वादक, नृत्यांगनाएँ अपनी-अपनी कला प्रस्तुत करेंगी। कलाकार वैसे भी संकीर्णता और साम्प्रदायिकता से परे होते हैं, अयोध्या में अपनी कला प्रदर्शित करने से वे न केवल स्वयं को धन्य महसूस करेंगे वरन् सबको अहसास करा देंगे कि पावन अयोध्या में किस प्रकार समस्त धर्मों, सब वर्गों के लोग अपने से ऊपर उठकर परमानन्द की आंशिक अनुभूति करते हैं—यही है अयोध्या का तेज़, अयोध्या का आकर्षण, अयोध्या की इनसानियत को देन; अयोध्या हम सब की है, अयोध्या के आशीर्वचन से कोई वंचित नहीं रखा जा सकता, न हिन्दू, न मुसलमान, न जैन, न बौद्ध, न सिख, न नास्तिक, न ब्राह्मण, न चमार।

लिखित रूप में यह सब पढ़कर मन्त्री जी मन्त्रमुग्ध हो गये। उनकी धर्मनिरपेक्षता तो जगज़ाहिर थी ही और समय-समय पर वे अन्य शिगूफ़े भी छोड़ते रहते थे जिससे मुस्लिम समाज उनको एक सरपरस्त के रूप में देखता रहे। यदि अयोध्या में कामयाबी हासिल हो गयी तो वे अवश्य गाँधी जी की क़तार में खड़े होने लायक हो जायेंगे। बस, इस योजना का प्रस्तावित बजट देख कर उन्हें एक झटका अवश्य लगा। कुछ देर मौन विचार किया, परन्तु योजना के दूरगामी परिणामों की कल्पना ने उन्हें बजट स्वीकार करने को मजबूर कर दिया। बस इतना कहा, "आपकी मुँहमाँगी रकम दी जा रही है, किसी किस्म की कमी न रह जाये, बड़े कलाकारों को बुलाने में अथवा आमन्त्रित विशेष व्यक्तियों की देखभाल में। और हाँ, मीडिया और हर वर्ग के शीर्षस्थ धर्मगुरुओं की उपस्थिति अवश्य सुनिश्चित करें।"

मोहतरमा ने खड़े होकर नज़ाकत से 'आदाब' किया और मन्द मुस्कान से खिला चेहरा लेकर कक्ष से बाहर हो गयीं। योजना को सूत्रित करते समय उन्होंने एक टीम एकत्रित कर ली थी, अब उन्हें स्पष्ट निर्देश देना बाक़ी था जिससे वे प्रदर्शनी के लिए अधिक से अधिक सामग्री एकत्रित करना आरम्भ करें। संगीतकारों, कलाकरों की फ़ेहरिस्त, उनसे सम्पर्क, उनकी अयोध्या में उपस्थिति तो मोहतरमा को स्वयं ही सुनिश्चित करनी थी। मन्त्रालय से धन प्राप्त करने के लिए उनके साथ कुछ मँजे हुए लोग थे ही, वे अपना काम पूरा करने में तुरन्त लग गये।

प्रदर्शनी फ़ैज़ाबाद में लगी, विषय था 'अयोध्या'। इसके लिए आवश्यक एवं अति सराहनीय शोध किया गया। भारत के कोने-कोने से यहाँ तक कि थाईलैण्ड और इण्डोनेशिया से, राम कथा पर आधारित ग्रन्थों से सामग्री एकत्रित की गयी। महत्त्वपूर्ण अंशों को पोस्टर, रेखाचित्रों द्वारा प्रस्तुत किया गया। अन्तिम रूप में प्रदर्शनी भव्य थी, उसके लिए किया गया शोध एवं परिश्रम साफ़ झलकता था।

बस, इस प्रयास में एक विसंगति, एक बेसुरी तान न जाने कैसे

शामिल हो गयी। आयोजकों ने एक बौद्ध जातक कथा को विशिष्ट तौर से प्रस्तुत किया जिसमें राम और सीता का वर्णन भाई-बहन के रूप में था। आयोजकों के अनुसार दशरथ-जातक नाम के प्राचीन बौद्ध ग्रन्थ में इस दम्पत्ति के सम्बन्ध भाई-बहन के रूप में दिखाये गये हैं और बताया गया है कि इन दोनों ने सोलह हज़ार वर्षों तक राज किया था। आयोजकों की टिप्पणी के अनुसार यह वर्णन बौद्धों की एक ख़ास परम्परा को स्थापित करता है और इसी से राजवंश की वंशशुद्धता एवं सर्वोच्चता स्थापित होती है। इस ग्रन्थ में राम को बोधिसत्व और उसी वंश का माना गया है जिस वंश के बुद्ध थे।

हिन्दू संगठन पहले से ही इस प्रयास को शक की नज़र से देख रहे थे। उन्हें मनचाही सामग्री उस बौद्ध कथा के रूप में मिल गयी। प्रदर्शनी के पहले दिन ही पन्द्रह-बीस युवक 'जय श्रीराम' का उद्घोष करते हुए हॉल में घुसे और देखते ही देखते सारे पोस्टरों, रेखाचित्रों को फाड़ कर, मेज़-कुर्सियों को ध्वस्त कर वहाँ से चल दिये।

सृष्टिकर्ता राम और जगत्‌जननी उनकी अर्द्धांगिनी सीता को भाई-बहन के रूप में दर्शाना संवेदनहीनता की पराकाष्ठा तो थी ही, परन्तु बाद में भी स्पष्ट नहीं हो पाया कि इसका कारण आयोजकों की अज्ञानता थी, असावधानी थी, या केवल एक साधारण भूल। परन्तु अधिकांश लोगों के अनुमान में यह छद्म-धर्मनिरपेक्ष, वामपन्थी विचारधारा से प्रेरित एक षड्यन्त्र था, यह दर्शाने के लिए कि हिन्दू धर्म में अनगिनत देवी-देवता, और अनगिनत विचारधाराएँ हैं जिनसे हिन्दू समाज पूर्णरूप से भ्रमित रहता है और कोई स्पष्ट रूपरेखा तैयार नहीं कर पाता है। सच्चाई जो भी रही हो, मन्त्री जी के प्रयास को पहले ही दिन एक बड़ा झटका लग गया। साम्प्रदायिक सन्तुलन गड़बड़ा गया और पन्द्रह अगस्त को अयोध्या में आयोजित संगीत-सन्ध्या के विषय में आशंकाएँ उत्पन्न होने लगीं। अनुमान लगाया जा रहा था कि अयोध्या का साधुसमाज इस आयोजन को अवश्य विफल कर देगा, चाहे बहिष्कार से, चाहे उपद्रव से। हिन्दू

समाज में मन्त्री जी की छवि एक कर्मठ मुस्लिम तुष्टिकर्ता के रूप में बन चुकी थी। अतः उनके क्रियाकलाप सदैव सन्देहास्पद होते थे। और अब ऐसी भोंडी, अक्षम्य प्रदर्शनी के पश्चात् संगीत समारोह में उनकी प्रत्याशित उपस्थिति किसी अपशकुन की परिचायक जैसी प्रतीत होने लगी थी।

संगीत समारोह का दिन आख़िर क़रीब आ गया। एक दिन पहले से फ़ैज़ाबाद आने वाली रेलगाड़ियों में दिल्ली, मुम्बई, भोपाल के यात्रियों की संख्या कुछ अधिक ही दिखाई देती थी। इनमें मर्द कम और महिलाएँ बहुतायत में थीं। मर्द एक तरफ़ से खादी के रंगीन कुर्तों और सफ़ेद पाजामों में, कन्धे पर खादी का झोला लटकाए, हाथ में एक छोटा बैग पकड़े प्लेटफ़ार्म पर अपने-अपने समूह में खड़े दिखते थे। महिलाएँ अधिकतर तीस से चालीस की उम्र की थीं। उनके लिए यह एक विशेष अवस्था होती है जब बच्चे बड़े हो चुके हों, पतिदेव कई तरक्कियाँ प्राप्त कर चुके हों, और कम से कम बारह घंटे दफ्तर में बिताते हों, साथ ही रुपये-पैसे एवं समय का अभाव न हो। उनके लिए यह वह समय होता है जब वे अपनी दबी हुई इच्छाओं की पूर्ति के लिए सकारात्मक क्षेत्र तलाशती हैं और अपनी संकल्पना तथा नारी वर्ग की संवेदनशील कोमलता के अनुसार धार्मिक, सांस्कृतिक एवं राजनीतिक क्रियाकलापों की ओर न केवल आकर्षित होती हैं बल्कि इन क्षेत्रों की अग्रणी मोर्चा सँभालने वाली श्रेष्ठ कार्यकर्त्रियाँ भी बनती हैं। फ़ैज़ाबाद आने वाली महिलाएँ इसी श्रेणी की थीं। यह भी खादी के रंगीन कुर्तों, खादी के झोलों से सुसज्जित थीं। वस्त्र देखने में सादे अवश्य लगते थे, परन्तु विशेष खादी के थे और प्रसिद्ध डिज़ाइनरों द्वारा निर्मित थे। हैंडबैग और सूटकेस शुद्ध कोमल चमड़े के, भवें, हाथ-पैर के नाख़ून ख़ूबसूरती से तराशे हुए, बालों की छवि पाँच-सितारा सलूनों में विशेष शैम्पू एवं सेटिंग से निखारी हुई, हाथों और गलों में रंगीन पत्थरों के चाँदी में जड़े आभूषण, जिनकी कीमत पदार्थ के बजाय उनके निर्माता की प्रसिद्धि से आँकी जाती है, पैरों में तीन-तीन चाँदी की बिछिया,

हिन्दू महिलाओं के माथे पर बड़ी गोल बिन्दी और मांग में सिन्दूर का इशारा, और सभी के पैरों में कोल्हापुरी चप्पल। ऊपर से सादगी का प्रदर्शन, परन्तु समझने वालों की दृष्टि में अथाह सम्पन्नता एवं आधुनिकता की परिचायक। इन महिलाओं ने अपने को आम आदमी की श्रेणी में प्रदर्शित करने की होड़ में एक तरफ़ से स्लीपर बोगी में आरक्षण कराया था। रहने के लिए धर्मशालाओं को चुना था, सवारी के लिए साइकिल-रिक्शा को। यह दीगर बात है कि कुछ घंटों में ही अधिकांश महिलाएँ महँगे होटलों के कमरों में खिसक लीं। परन्तु इनकी उपस्थिति ने, इनकी बाज़ारों में चहलकदमी ने फ़ैज़ाबाद की फ़िज़ा में रंग अवश्य भर दिया था।

कलाकारों एवं फ़िल्मी हस्तियों ने ऐन दिन लखनऊ तक जहाज़ से और वहाँ से कार से सफ़र तय किया। सभी को राम के नाम पर रामनगरी में आमन्त्रित किया गया था। सब अपने को धन्य मान रहे थे। सुनने में आया कि शीर्ष कलाकारों ने अयोध्या में गायन-वादन के अवसर को दैवी आशीर्वाद मान कर अन्य कार्यक्रम बेहिचक निररत कर दिये थे। सुनने में यह भी आया कि फ़िल्मी हस्तियों के अलावा किसी भी कलाकार ने किसी प्रकार का मानदेय स्वीकार नहीं किया, बल्कि अधिकतर ने आने जाने का ख़र्च स्वयं ही झेला। राम की अयोध्या को यह उनकी एक तुच्छ भेंट थी।

समारोह का आयोजन सरयूतट पर स्थित राम की पैड़ी पर किया गया था। फ़ैज़ाबाद के संगीत-प्रेमी, बुद्धिजीवी एवं अन्य सुसंस्कृत लोग इस अवसर का पूरा लाभ लेने के इच्छुक थे, परन्तु अफ़वाहों और उपद्रव की आशंका ने अधिकांश के हौसले पस्त कर दिये थे। अन्त में सरकारी अमले के अलावां फ़ैज़ाबाद के कुछ गिने-चुने लोग, जिनमें अधिकांश पत्रकारिता से सम्बन्धित थे, और जिनकी संख्या पचास-साठ से अधिक नहीं थी, केवल वही अयोध्या जाने का साहस जुटा पाये।

इनमें से एक ठाकुर देवदत्त जी थे जो अपने दो मित्रों को साथ लेकर कार से अयोध्या पहुँचे और समारोह स्थल की ओर पैदल

प्रस्थान किये। सड़क पर कोई आम नागरिक नहीं दिख रहा था। केवल साधु-गण छोटी-छोटी टुकड़ियों में राम की पैड़ी की ओर जा रहे थे। अधिकांश साधु युवा थे, सबके हाथ में सोंटा था। देवदत्त जी कौतूहलवश उनको निहारते रहे। पैड़ियों पर कुर्सियाँ लगी थीं, प्रकाश की अच्छी व्यवस्था थी, सब लोग आसन ग्रहण कर रहे थे। परन्तु देवदत्त जी ने देखा कि वहाँ पहले से ही बहुत से लोग विराजमान थे। यह बीस-बीस की टुकड़ियों में अलग-अलग स्थानों पर थे। नवागन्तुक साधुओं को इन्हीं के बीच की कुर्सियों पर बैठने के लिए वितरित होना पड़ा। ध्यान से देखने से स्पष्ट हो गया कि वहाँ पहले से बैठे लोग अयोध्या के नागरिक नहीं बल्कि हाव-भाव से अर्द्धसैनिक बलों के जवान दिखते थे। देवदत्त जी ने अपने मित्रों को इशारतन उनकी ओर मुख़ातिब किया और कहा, "उपद्रवियों के लिए पूरा इन्तज़ाम है... ।"

दूसरी ओर संगीतकार अपने वादकों के साथ मंच की ओर जा रहे थे। मंच के एक ओर उनके बैठने, तैयार होने के लिए तम्बू लगे थे। मंच विशाल और भव्य था। मैनेजर लोग आख़िरी समय की समस्याओं को सुलझाने में इधर-उधर भाग रहे थे। मुम्बई के एक फ़िल्मी साहब माइक पर टेस्टिंग कर रहे थे। दर्शकों के बीच सुगबुगाहट हो रही थी कि मन्त्री जी पहुँचने ही वाले हैं, उनके आते ही कार्यक्रम शुरू कर दिया जायेगा। देवदत्त जी घूम टहल कर वातावरण का जायज़ा ले रहे थे। फ़ैज़ाबाद एवं अयोध्या के नागरिकों की उपस्थिति नगण्य थी। सरकारी अमले के वही सदस्य उपस्थित थे जिनकी ड्यूटी वहाँ लगी थी, उनकी मेमसाहब और बच्चे जो प्रायः ऐसे अवसरों पर आगे की सीटें हथिया लेते हैं, एकदम से नदारत थे। पूरे वातावरण में अजीब सा सन्नाटा छाया हुआ था, ऐसा महसूस हो रहा था जैसे उस शान्ति के गर्भ में एक भूचाल छिपा हो।

आधी रात से दस मिनट पहले करीब पचास लोगों के दायरे में, स्टेनगनों की छाया में, मन्त्री जी पधारे। उन्हें आगे की क़तार के बजाय काफ़ी पीछे बिठाया गया। उनके चारों ओर लगभग दो सौ

अर्द्धसैनिक बलों के जवान बैठे थे। जो सज्जन माइक पर इधर-उधर की बातें कर रहे थे, उन्होंने मन्त्री जी के आगमन का ज़िक्र तक नहीं किया। सम्भवतः मन्त्री जी राम नगरी में गुमनामी में ही भलाई समझ रहे थे।

परन्तु आयोजकों को तो मन्त्री जी की शान में क़सीदे पढ़ने ही थे। सारा कार्यक्रम, मीडिया में वाह-वाही, सारा रुपया-पैसा, यह सब उनकी ही नज़रे-इनायत से था, और इंशा-अल्लाह आगे भी होना था। कार्यक्रम शुरू होते ही मन्त्री जी की उपस्थिति की घोषणा हो गयी, उनकी तारीफ़ में अभी कुछ ही शब्द कहे गये थे कि यकायक पूरे मैदान में खलबली मच गयी। जगह-जगह टुकड़ियों में खड़े लोग 'जय श्रीराम' के नारे लगाने लगे। हाथों के सोंटे हवा में उठने लगे, तत्पश्चात अन्य नारे लगने लगे—'मन्त्री अधर्मी है, मन्त्री चोर है, मन्त्री वापस जाओ, वापस जाओ...।'

एक इशारे पर अर्द्धसैनिक बलों के जवान उठ खड़े हुए। उन्होंने साधुओं को समारोह स्थल से बाहर ढकेलना शुरू किया। जवानों की संख्या बहुत अधिक थी, साधु साहिबान उनके सामने टिक न सके। केवल पाँच-सात मिनट में शान्ति स्थापित हो गयी। आयोजकों और संगीत प्रेमियों ने राहत की साँस ली। देवदत्त जी ने अपने साथियों सहित अग्रणी पंक्ति की कुर्सियों पर कब्ज़ा कर लिया, फिर औरों की तरफ़ मुड़ कर कहा, "आइये, अब इस शाम का आनन्द लिया जाये...।"

प्रोग्राम दोबारा आरम्भ हुआ। सर्वप्रथम नेहरू जी का 'ट्रिस्ट विद डेस्टिनी' भाषण टेप से लाऊडस्पीकर पर सुनवाया गया। कुछ स्थानीय युवा पत्रकार एक-दूसरे से पूछते सुने गये—कौन से नेहरू? ...अरुण...? ...इसका हिन्दी अनुवाद मिल जायेगा? आदि, आदि। (अरुण नेहरू हाल ही में प्रसिद्धि प्राप्त कर चुके थे, रामलला के मन्दिर के द्वार खुलवाने का श्रेय उन्हीं को गया था) उसके पश्चात् सभी कलाकारों ने एक साथ सैकड़ों दीप प्रज्ज्वलित किये और उनका प्रवाह मंच के पीछे बहते सरयू जल में किया। अपने आप में यह

सरयू मैया के प्रति एक भव्य, प्रतीकात्मक आरती थी। सभी दर्शकों ने इसकी भरपूर सराहना की।

मंच पर सर्वप्रथम दक्षिण भारत से आये सुप्रसिद्ध मृदंगम वादक श्री शिवरामन का कार्यक्रम हुआ। उनके तुरन्त बाद भारत के सर्वश्रेष्ठ पखावज वादक अयोध्या निवासी स्वामी पागलदास जी को मंच पर आमन्त्रित किया गया। सारे श्रोतागणों ने एक साथ खड़े होकर उनका अभिवादन किया। वे इसी माटी के थे, साधु परम्परा में संगीत द्वारा भगवत् अर्चना के प्रतीक थे। इन दोनों के वादन से श्रोतागण आनन्दमय हुए, और उसके बाद पं. किशन महाराज का तबला वादन और गिरिजा देवी के गीतों ने उन्हें पूर्ण रूप से मन्त्रमुग्ध कर दिया। बीच-बीच में श्रीनिवास जी का मेंडोलिन सुना गया, देवदास जी का बाऊल गान और बिहार एवं कलकत्ता से आये कलाकारों के लघु नाटक देखे गये। गुरु कालीचरन महापात्र और उनकी शिष्या माधवी मुद्‌गल के उड़ीसा नृत्य की बड़ी प्रशंसा हुई। अयोध्या में सरयूतट पर ऐसे श्रेष्ठ संगीतकारों को एक साथ प्रस्तुत करना एक बहुत असहज कार्य था। इसकी जितनी सराहना की जाये, उतनी कम ही बैठेगी। खेद यही कि उन परिस्थितियों में जन-मानस इसका आनन्द न ले सका।

अब सुबह के चार बज चुके थे। थोड़े ही समय में अयोध्या के मन्दिरों में सुप्रभात की वेला आने वाली थी। इस समय आयोजकों ने बड़ी बुद्धिमानी से कत्थक की शीर्षस्थ नृत्यांगना सितारा देवी जी को कार्यक्रम प्रस्तुत करने के लिए आमन्त्रित किया। वे अब बहत्तर वर्ष की हो चुकी थीं। नृत्य में, विशेष-कर लय और ताल में, उनका कोई सानी नहीं था। श्रोतागण मन ही मन विचार कर रहे थे कि उम्र से धीमे पड़े उनके पैर अब कला के किस अंश का प्रदर्शन करेंगे। परन्तु सितारा देवी ने हर मंच पर अपनी धाक हमेशा कायम की थी, बारह वर्ष की आयु में मुम्बई के एक मंच से उन्होंने गुरुदेव रवीन्द्रनाथ टैगोर को मन्त्रमुग्ध किया था और गुरुदेव ने अश्रुपूरित नेत्रों से उन्हें 'नृत्य समरांगिनी' की उपाधि से सम्बोधित किया था।

इस समारोह में भी उनसे कुछ कर गुज़रने की आशा तो थी ही।

कत्थक की वेशभूषा से लैस यह नृत्यांगना मंच की ओर आती दिखीं। उनको सहारा देकर लाते हुए तीन व्यक्ति थे जिन्होंने मंच पर पहुँचकर हारमोनियम, ढोलक और मंजीरे सँभाल लिए। वादनों पर धुन बजने लगी, सितारा देवी के पैर और हाथ मन्द गति से थिरकने लगे। स्वयं उनके मुख से भजन के शब्दों की केवल एक पंक्ति—जय सियाराम बोलो...जय सियाराम—का उद्भाव हुआ। उनके एक घंटे के प्रदर्शन में केवल इसी पंक्ति का गायन होता रहा, इसी पंक्ति का सार, इसमें गर्भित आराधना, इसमें समाया आराध्य-प्रेम, समर्पण, भगवत्-चरणों में आत्म-विलय, उनके मुखड़े के भाव, हाथों की मुद्राओं, पैर की थिरकनों में प्रदर्शित होते रहे। श्रोतागण ऐसे स्थिर, आत्म विस्मृति में बैठे थे जैसे उनकी साँसें रुक गयी हों, मन्त्रमुग्ध होने की परिभाषा उनके चेहरों की आभा में पढ़ी जा सकती थी। कितना समय इस अचेतना अथवा राम की चेतना में बीत गया, किसी को अनुमान नहीं था। अचानक नयाघाट के मन्दिरों में घंटे-घड़ियाल बजने लगे। श्रोतागण पृथ्वी पर वापस लौटे परन्तु धन्य थे, एक ओर मन्दिरों की आरम्भित होती पूजा, दूसरी ओर सितारा देवी की मन्दिरों की ओर मुड़कर नमन करती हुई छवि। इस समय भी उनके मुख से 'जय सियाराम...बोलो जय सियाराम' का ही उद्घोष हो रहा था, उनके पैर आहिस्ता-आहिस्ता थिरक रहे थे, वादक धुन बजाये जा रहे थे। कुछ क्षणों बाद सितारा देवी श्रोताओं की ओर वापस मुड़ीं, हाथ जोड़ कर नमन किया और मंच से धीरे-धीरे प्रस्थान कर गयीं। श्रोतागण जस के तस बैठे रहे, सितारा देवी के प्रस्थान के कुछ क्षणों बाद ही उन्हें आभास हुआ कि वे जा चुकी हैं, उनका नृत्य, उनकी पूजा, उनका आराध्य के प्रति समर्पण अपने चरम पर प्रदर्शित हो चुके थे, केवल एक अद्भुत अनुभूति सब के हृदयों में अभी भी विराज रही थी।

श्रोताओं में हलचल शुरू हुई, सब एक-दूसरे की ओर विस्मय से देख रहे थे, उस अनुभव का वर्णन करने के लिए किसी के पास

उपयुक्त शब्द नहीं थे। अभी और भी कलाकार बाक़ी थे जिनकी कृतियाँ प्रस्तुत होनी थीं, परन्तु वास्तव में एक प्रकार से कार्यक्रम सम्पन्न हो चुका था। इतनी ऊँचाइयों को स्पर्श करने के पश्चात् अब और कोई आकांक्षा शेष नहीं थी। लोग धीरे-धीरे प्रांगण से बाहर की ओर जाने लगे। इतने में ठाकुर देवदत्त जी को किसी ने कन्धे पर छुआ। मुड़ते हुए उन्होंने देखा कि उनके पुराने परिचित और बहुत से धार्मिक वाद-विवादों के साथी बाबू काशीनाथ जी उनके पीछे खड़े थे। वे स्वयं में बड़े खुश नज़र आ रहे थे और तुरन्त बोले, "बाबू साहब, देखा! राम नाम में कितनी शक्ति है, कितना ओज है, कितना जादू है...?"

काशीनाथ जी हिन्दू परिवार के शीर्षस्थ सदस्य थे, अपनी विचारधारा को ही सर्वश्रेष्ठ मानते थे। देवदत्त जी सोचने लगे कि इस समय भी वे सितारा देवी के भव्य प्रदर्शन के बजाय हिन्दू धर्म की महिमा को ही श्रेय देने को आतुर थे। आहिस्ता से, परन्तु थोड़ी ऊँची आवाज़ में देवदत्त जी ने कहा, "बेशक, बेशक। 'जय सियाराम' एक मन्त्र है जिसमें शक्ति है...भक्ति है...सम्पूर्णता है...। परन्तु आपने तो उसे घटाकर केवल 'जय श्रीराम' बना दिया है, इसे बाँट दिया है...इसे अधूरा कर दिया है...। जय सियाराम के प्रभाव में, उसकी गरिमा में, उसकी रमणीयता में, उसकी सर्वव्यापी धारणा में कटौती कर दी है...।"

सम्भवतः समारोह का समापन देवदत्त जी के सटीक शब्दों से हो चुका था।

पेंशनर

बिपिन बाबू जीवन के साठ साल पूरे कर चुके थे। वे मृदुभाषी थे, सन्तुलित भाषा बोलते थे, दुश्मनों तक के लिए अपशब्द प्रयोग नहीं करते थे। खाते-पीते घराने में जन्मे थे, पुरखों की ज़मीन-जायदाद केवल महफ़ूज़ ही नहीं रखी बल्कि उसमें इज़ाफ़ा भी किया। इस महँगाई के समय में भी शानोशौक़त से रहते थे और ज़रूरतमन्दों की थोड़ी बहुत मदद भी कर देते थे। इस सब के साथ ज़िले के अफ़सरों के बीच भी उनकी अच्छी पैठ थी। बहरहाल बिपिन बाबू इस समय समाज में एक अगुआ की भूमिका निभाने के लिए बहुत उपयुक्त व्यक्ति थे। कालेजों, स्कूलों के प्रबन्धन से लेकर मलिन बस्तियों के सुधार, मन्दिरों के जीर्णोद्धार, गरीब लड़कियों के विवाह, विधवाओं के पुनर्विवाह, दंगे-फ़सादों में अमन-चैन आदि-आदि के

लिए हर प्रकार की कमेटी, समिति, संघ, संगत में उनकी माँग थी। अध्यक्ष से लेकर संयोजक तथा संरक्षक तक किसी भी पद पर उन्हें सुशोभित करने के लिए समितियों में होड़ लगी रहती थी। परन्तु बिपिन बाबू थे जो अथाह आग्रह पर भी एक मामूली सदस्य की भूमिका से आगे बढ़ते ही न थे। परामर्श और सहायता के लिए तो वे तैयार रहते थे, परन्तु जिस सभा में उनकी एकल राय न चल पाये, उस संगत का भार और दायित्व वे अपने सिर पर लेने से कतराते थे। वे देख चुके थे कि मीटिंगों में लोग समस्याओं, शिकायतों की झड़ी तो लगा देते हैं, परन्तु किसी हल पर सहमत नहीं होते हैं। यदि कोई निर्णय हो भी जाये तो उसके क्रियान्वयन के समय नदारत हो जाते हैं। ऐसी स्थितियों से वे अपने को अलग रखना चाहते थे। अतः वे अनगिनत सस्थाओं से जुड़ तो चुके थे, परन्तु किसी पद को कभी स्वीकार नहीं करते और सस्थाओं में अपनी सदस्यता का आभास उन्हें अधिकतर चन्दा देते समय ही होता था।

इसी क्रम में शहर में एक नयी संस्था का सृजन हुआ—वरिष्ठ नागरिक सभा। इसके कर्ताधर्ता रिटायर्ड सीनियर इंस्पेक्टर ऑफ स्कूल्स श्री चक्रधर जी थे। उन्होंने स्वयं आकर संस्था का प्रारूप, उसके सिद्धान्त, उसका ध्येय बिपिन बाबू के समक्ष प्रस्तुत किया। चक्रधर जी का अनुनय इतना प्रभावी था कि बिपिन बाबू के पास सदस्यता ग्रहण न करने का कोई तर्क बचता नहीं दिखा। अनजाने में चक्रधर जी यह कह बैठे कि कुछ गैरसरकारी प्रतिष्ठानों में अवकाश-प्राप्ति की आयु 65 वर्ष कर दी गयी है, इसलिए सभा की सदस्यता के लिए भी यही आयु रखी गयी है। यह सुनते ही बिपिन बाबू का रोम-रोम खिल उठा। वे तुरन्त बोले, “अब देखिए मैं चाह कर भी सभा का सदस्य नहीं बन सकता। मैंने 62 वर्ष ही पूरे किये हैं। वैसे मैं जिस लायक हूँ, आपके लिए हाज़िर हूँ।”

चक्रधर जी निराश तो हुए परन्तु हार न माने। तीन सप्ताह के अन्तराल पर वे बिपिन बाबू की बैठक में पुनः उपस्थित हुए। कुर्सी पर बैठते ही उन्होंने कहा, “बाबू जी, आपके नाम पर हमारे सदस्य

इतने उत्साहित और हर्षित हुए कि उन्होंने तुरन्त विशेष बैठक बुला कर सदस्यता आयु 60 वर्ष कर दी। आख़िर आप चाहें और काम न हो?" सौ रुपये देकर बिपिन बाबू वरिष्ठ नागरिक सभा के आजीवन सदस्य बन गये।

सभा की अगली मीटिंग के लिए दो सदस्य उनको घर से आकर ले गये। सम्मान और अभिवादन के साथ बिपिन बाबू को अध्यक्ष जी के बगल बिठाया गया। कार्यवाही चलने लगी। जब नये बिन्दु उठाने का समय आया तो एक सज्जन ने कहा, "अब हम लोग बूढ़े और क्षीण हो चले हैं, अधिक कष्ट नहीं उठा पाते। जहाँ देखिए लाइनें लगी हैं, धूप में, बरसात में, घंटों खड़ा रहना पड़ता है। वरिष्ठ नागरिकों के लिए अलग व्यवस्था होनी चाहिए।"

दूसरे सज्जन बोले, "पेंशन लेने में दो से तीन घंटे लग जाते है। न बैठने की व्यवस्था है, न पानी, न पंखा। हमने पूरा जीवन सेवा में दे डाला, क्या सरकार हमारे लिए इतनी भी व्यवस्था नहीं कर सकती?"

एक रिटायर्ड पुलिस इंस्पेक्टर ने कहा, "अस्पताल में तो लाइन लगाइये, बैंक में तो लाइन लगाइये। अरे कोई नहीं पूछता, कोई नहीं सुनता...।"

ज़ाहिर था कि अधिकारी, कर्मचारी और आम आदमी अब बराबर हो चुके थे, यह तथ्य स्वीकारना कष्टदायी हो रहा था। बहरहाल बिपिन बाबू के सुझाव पर निर्णय हुआ कि एक तीन सदस्यीय कमेटी अलग-अलग संस्थाओं जैसे बैंक, अस्पताल आदि के हुक्मरानों से आग्रह करेगी कि वरिष्ठ नागरिकों के लिए अलग लाइन लगवाई जाये और उनके कार्य को प्राथमिकता दी जाये। प्रस्ताव पारित होते ही सब लोग बिपिन बाबू की ओर आशावान निगाहों से देखने लगे, जैसे कि उनका कष्ट दूर होने में अब देर नहीं लगेगी।

अगले महीने की बैठक के लिए फिर दो सदस्य बिपिन बाबू के घर पहुँचकर उनको ससम्मान ले आये। बिपिन बाबू को मीटिंग से बचने का अवसर न मिला। परन्तु इस बैठक में बुढ़ापे की समस्याओं

का एक अन्य पहलू सामने आया। सभा के वयोवृद्ध सदस्य श्री दुर्गादास जी की अनुपस्थिति पर अध्यक्ष जी ने चिन्ता व्यक्त करते हुए अन्य सदस्यों से उनकी कुशलता के बारे में पूछा। जवाब में दुर्गादास जी के पड़ोसी मिश्र जी ने कहा, "अस्वस्थ तो वे रहते ही हैं...कोई देख-भाल भी नहीं होती...दवा तक समय से कोई लाकर नहीं देता।"

यह सुनते ही केवलराम जी फफककर रोने लगे। उपस्थित लोग उनको ढाँढस बँधा कर उनकी व्यथा का कारण पूछने लगे। एक-दो घूँट पानी पीने के पश्चात् वे शान्त हुए और सबके आग्रह पर आपबीती सुनाने लगे।

वे बोले, "इस तरह की परिस्थिति में दुर्गादास जी अकेले नहीं हैं। हममें अधिकांश वृद्ध ऐसी उपेक्षा से त्रस्त हैं, लोकलाज से उसका ज़िक्र करने से हिचकते हैं। अभी तक मैं भी ख़ामोश रहा, परन्तु आज मेरे आँसू रुक न पाये।"

केवलराम जी ने एक-दो आँसू फिर से पोंछे, साथियों के आग्रह पर बात आगे बढ़ाने लगे।

रिटायर होने पर केवलराम एक अद्भुत स्वतन्त्रता का आभास करने लगे थे। उनको नौकरी की आधी तनख़्वाह गँवाने का कोई दुःख नहीं था। विधुरावस्था में अकेले ही पारिवारिक दायित्व निभाने में सफल हो चुके थे, दोनों पुत्रों की नौकरी लग चुकी थी। छोटा पुत्र अन्य प्रान्त के एक छोटे कस्बे में वन विभाग में तैनात था। उसके पास आना-जाना कठिन था और रहना वनवास जैसा। अतः एक बड़े शहर में कालेज लेक्चरर ज्येष्ठ पुत्र के साथ रहने का मन उन्होंने बनाया। उस शहर में एक प्लॉट ख़रीदा, चार कमरे के मकान का निर्माण कराया, और अवकाश-प्राप्ति के कुछ महीने पहले बड़े बेटे के परिवार को उस निवास में स्थापित कर दिया। इस समय वे अपनी दूरदर्शिता एवं समयोचित कार्यशैली को स्वयं सराह कर बड़े आह्लादित होते थे।

नौकरी के अन्तिम दिन ज्येष्ठ पुत्र सवेरे ही सपरिवार उनके

क्वार्टर पर पहुँच गया। बच्चों को सहसा अपने सामने पाकर बाबूजी हर्षित हो उठे और खुशी से उनका गला रुँध आया।

बहू ने तुरन्त कहा, "आज आपके जीवन का बहुत महत्वपूर्ण दिन है। इसलिए मैंने इनसे कहा कि हम सबको आपके पास होना चाहिए। हमारा सुख तो आपके संरक्षण में ही निश्चित है। अब आप यहाँ एक दिन भी नहीं रहेंगे। सामान आदि हम लोग सँभाल लेंगे। बस आप सरकारी कामकाज समाप्त कीजिए और घर चलिए।"

घर पहुँचते ही केवलराम जी का सामान बैठक के बराबर वाले कमरे में लगा दिया गया। उनके मनपसन्द खाने से लेकर नहाने-धोने की व्यवस्था बहूरानी स्वयं देखती थी। यहाँ तक कि बाबूजी को बरामदे से अख़बार तक नहीं उठाने देती थी। और बच्चे–वे तो चौबीस घंटे बाबा के ऊपर चढ़े रहते थे। पुत्र स्वयं अपने मन से तो पिता के लिए कुछ ख़ास नहीं करता था, परन्तु अपनी पत्नी के कहने पर तुरन्त अपने बाबूजी के काम के लिए तत्परता दिखाता था। यह अवश्य था कि उसकी पत्नी ऐसे कार्यों के लिए उसी समय कहती थी जब बाबूजी आसपास हों और सुन रहे हों।

कुछ दिनों में केवलराम जी के फंड के चेक आ पहुँचे। लिफ़ाफ़ा बहू ने ही खोला था। उसी के सुझाव पर रात में बढ़िया भोजन बना, उसके पश्चात् जब बाबूजी परिवार की निकटता का आनन्द ले रहे थे तो पुत्र ने कहा, "यह बता रही थी कि आपके फंड आदि के पेमेंट आ गये हैं। कहीं निवेश करने से पहले लोगों से राय ले लीजिएगा। आज कल फ़्राड बहुत हो रहे हैं।"

बाबूजी शान्त रहे, परन्तु तीन दिन के बाद बेटे बहू से बोले, "वह फंड के रुपयों के बारे में...मैं सोचता हूँ कि अब मेरी तो कोई ख़ास आवश्यकता बची नहीं हैं, पेंशन ही मेरे लिए काफ़ी है। अब तुम सब के भविष्य के लिए ही सोचना है।"

बहूरानी तुरन्त बाबूजी के पैर दबाने बैठ गयीं। फिर पतिदेव से बोलीं, "आप कॉफ़ी मुझसे अच्छी बनाते हैं...आज बाबूजी के लिए बना दीजिए न...इन्होंने कई दिनों से नहीं पी है।"

बाबूजी गद्गद होकर अपना प्लान बताने लगे। बोले, "छोटे के तो कोई बच्चा है नहीं। शादी के पाँच साल होने को हैं, मैं तो अब निराश हो चुका हूँ। मैंने फ़ैसला किया है कि पोते, पोती को मिलाकर अपने छः बच्चों को बराबर का हिस्सा दूँ। सब के नाम अलग-अलग जमा कर दूँगा। छोटे बच्चों का गार्जियन बहू को बना दूँगा, पैसा इन दोनों की पढ़ाई, शादी के काम आयेगा।"

बहूरानी का चेहरा खिल उठा, चार हिस्से उनके, केवल दो देवर जी के। और यह मकान भी अब उनके कब्ज़े से कौन निकाल पायेगा। ख़ैर बाबूजी की ख़ातिर-तवाज़ो दुगनी हो गयी, बैंक के काग़ज़ात पूरे होने तक किसी प्रकार की ढिलाई नहीं की जा सकती थी। कुछ दिनों तक सब कुछ ठीक चला, फिर धीरे-धीरे बदलाव आने लगा। बात अख़बार से शुरू हुई, कोई बरामदे से उठाकर अब नहीं लाता था, स्वयं ही लाना पड़ता था। सुबह की चाय में भी देरी शुरू हो गयी, पहले प्राथमिकता उनके चाय के प्याले को मिलती थी, अब बच्चों के नाश्ते और टिफ़िन को मिलने लगी। एक बार ज़्यादा ही तलब लगी तो बहू से चाय के लिए पूछ बैठे। जवाब मिला, "अगर स्कूल की बस छूट गयी तो और मुसीबत, बच्चों को रिक्शा से पहुँचाएँ, ख़र्चा अलग से। बच्चों को जाने दीजिए, बाद में बना दूँगी।"

अगला हमला उनकी सिगरेट की चाहत पर हुआ। केवलराम जी ने जीवन में एक ही व्यसन पाला था परन्तु वह भी बड़े नियन्त्रित रूप में। दिन में चार सिगरेट से अधिक का सेवन उन्होंने जीवनपर्यन्त नहीं किया। कभी भी पूरी डिब्बी नहीं ख़रीदी, इस विचार से कि असावधानी में प्रलोभन उनके संयम को पतन की ओर न ले जाने पाये। अतः छुट्टी सिगरेट से ही काम चलाते थे। परन्तु अब उसके लिए बहू से कहना होता था, क्योंकि पैसा वही देती थी। और लाने के लिए झाड़ूबुहार वाली या चौकाबर्तन वाली को भेजना होता था। शुरू में तो कभी-कभी बहू स्वयं ही सड़क के कोने वाली गुमटी से सिगरेट ले आती थी, परन्तु अब हीलाहवाली होने लगी थी। सिगरेट के स्थान पर अब लेक्चर मिलता था—अब इस उम्र में यह व्यसन

ठीक नहीं है, बीमारियों को न्योता देना है, सिगरेट कम कीजिए।

फिर कभी—रात भर खाँसते हैं, पर यह कमबख़्त सिगरेट बन्द ही नहीं होती। अपने जीवन में तो मैं आपको ऐसा नहीं करने दूँगी।

फिर—देखा अभी तक खाँसी ठीक नहीं है, कल ही तो बयालिस रुपये की दवा आयी है।

बाबूजी को ज़िन्दगी में कभी खाँसी नहीं हुई थी। उनका कभी-कभार गला साफ़ करना ही बहूरानी को एक बहाना दे देता था। असल में सिगरेट का व्यय बहूरानी को रास नहीं आता था। जिस दिन से केवलराम जी ने पेंशन का पूरा पैसा घर पहुँचते ही बहू को थमाया था, उसी समय से वह धन बहू का हो गया था। अब तो पेंशन का पूरा का पूरा पैसा उनसे माँग लेती थी। और एक बार वह धन उसके पर्स में गया तो उसका उपयोग अपने बच्चों, स्वयं और पति के लिए तक तो ठीक था परन्तु और किसी के लिए जेब कटने जैसा था। आरम्भ के प्रेम और आत्मीयता से प्रेरित होकर केवलराम जी स्वयं बहू के अधीन हो चुके थे। एक साल के अन्तराल में छोटी से छोटी इच्छापूर्ति के लिए उन्हें बहू की ओर निहारना पड़ता था। अब अपना वर्चस्व पुनः स्थापित करने के लिए न उनमें साहस था, न इच्छा शक्ति।

सभा की ओर देखते हुए उन्होंने कहा, "अब तो हालत यह हो गयी है कि पेंशन के दिन बहूरानी स्वयं मेरे साथ रिक्शे में बैठकर कोषागार जाती है। दस्तख़त तो मैं करता हूँ, पैसा वो झटक लेती है। लौटते समय एक सिगरेट अवश्य दिला देती है।"

यह कहकर केवलराम जी फिर रोने लगे। सुमन जी ने कहा, "अरे ये सब आप कैसे होने देते हैं? फंड के पैसे से तो आप हाथ धो बैठे हैं, मगर पेंशन तो आप ही लेते हैं, अपने हाथ में क्यों नहीं रखते?"

केवलराम जी बोले, "आपने कहा और हो गया? कोषागार में क्या अपनी बहू से हाथापाई करूँ? आप ऐसा कर सकते हैं?"

अन्य सदस्य भौचक्के से केवलराम जी की ओर देखते रहे। स्पष्ट हो चुका था कि पारिवारिक जीवन के मैदान-ए-जंग में केवलराम

जी आत्मसमर्पण कर चुके थे, उनका जीवन और नारकीय बनना और अन्त में उनकी विदाई एक अत्यन्त उत्पीड़ित आत्मा के रूप में होनी निश्चित थी।

एक के बाद एक, इसी तरह के क़िस्से चलते रहे। एक सज्जन अपने ही मकान के बरामदे में पड़े रहते थे, तो दूसरे को परिवार ने उन्हें बरसाती में पहुँचा दिया था। अपनी पसन्द का खाना न मिलना, बीमारी में तीमारदारी न होना, इलाज में हीलाहवाली, बच्चों को स्कूल पहुँचाना, घर की रखवाली करना, मिस्त्री मज़दूर से काम करवाना, बहू के लिए रिक्शा बुलाना—यही उनकी दिनचर्या थी। बाकी समय मिलने वालों अथवा रिश्तेदारों से कानाफूसी और दबी ज़बान में शिकवा-शिकायत।

बिपिन बाबू को लगा कि अधिकांश पेंशनयाफ़्ता, विशेषकर विधुर, जीवन में अकेले रह गये थे। संगी-साथी के अभाव में उनका भावनात्मक लगाव परिवार के सदस्यों पर केन्द्रित होना स्वाभाविक था। इस स्थिति में घर की कर्ताधर्ता यानी बहू की ओर से थोड़ा प्रेम, थोड़ी सहानुभूति, थोड़ी सेवा-शुश्रूषा चाहे छद्म ही सही, इन बूढ़े लोगों को अपने वश में करने में पर्याप्त होते थे। उसके पश्चात् यह बहू की प्रवृत्ति एवं स्वभाव पर निर्भर था कि बुज़ुर्गवार सम्मान और सन्तोष से दिन बिताएँगे अथवा उपेक्षा और ग्लानि में। बिपिन बाबू को लगा कि सम्भवतः केवलराम जी और उनके प्रकार के अन्य व्यक्ति अपनी बहूरानियों के मामले में अधिक भाग्यशाली नहीं थे।

* * * * *

इसी बीच बिपिन बाबू को दिल्ली जाने का अवसर मिला। ऐसी यात्राओं में वे अपने पुराने संगी-साथियों, मित्रों से मिलने का प्रयास अवश्य करते थे। इस बार उनको चोपड़ा साहब की याद आयी जो चीफ़ इंजीनियर पद से रिटायर होकर दिल्ली की पंजाबी बाग कालोनी में बेटे-बहू के साथ रह रहे थे। जैसा पद और पैसा था उसी हिसाब से बँगला बनवाया था—पाँच बेडरूम, छः बाथरूम, बैठने-खाने के लिए बड़े हॉल, सामने लॉन, पीछे गैरिज और नौकरों के कक्ष जो

सुविधाओं के मामले में मालिक से केवल थोड़ा उन्नीस। गैरिज के ऊपर एक दो कमरों का कक्ष था जिसके साथ बाथरूम और छोटा-सा किचन भी था। दूरदराज़ के रिश्तेदार और कम हैसियत वाले परिचितों को ठहराने के काम आता था।

अकेले हो जाने के बाद भी चोपड़ा साहब बड़े बेडरूम में ही रहते थे। उससे सटा हुआ एक अन्य भव्य बेडरूम था जो थोड़ा ही छोटा था और एक दरवाज़े के माध्यम से जुड़ा हुआ था। इन कक्षों के सामने एक हॉल था जिसके दूसरी ओर तीन अलग-अलग बेडरूम और थे। हॉल सोफे इत्यादि से सुसज्जित था जहाँ बैठकर पूरा परिवार एवं मित्रगण टी.वी. पर क्रिकेट मैचों का आनन्द, चाय की चुस्कियों और सूक्ष्म जलपान के साथ ले सकते थे।

बेटा अकेली सन्तान था, योग्य था, अच्छी नौकरी में था। बहू भी लाखों में एक थी–स्मार्ट, आकर्षक, फ़ैशन और स्टाइल वाली। घर आने वाले मुग्ध हो जाते थे, उसकी मेहमाननवाज़ी की तारीफ़ों के पुल बाँध जाते थे। उसकी दावतें दिल्ली में मशहूर हो चली थीं, हाई सोसाइटी के लोग उसके निमन्त्रण की प्रतीक्षा करते थे।

बस, घर के नौकर अवश्य सहमे रहते थे। ज़रा सी चूक और पता नहीं क्या आफ़त आ जाये, यहाँ तक कि बहू जी के तमाचे भी लग जायें, बात-बात पर डाँट, घुड़की, काम के समय की सीमा ही नहीं, हर आये दिन रात के बारह बजते, सुबह फिर छः से ड्यूटी। बस बड़े साहब के व्यवहार और अच्छी तनख़्वाह के कारण सब कुछ सहते। बड़े साहब बहू को शान्त रहने की सलाह देते, कभी-कभार उनके प्रकोप से नौकरों को बचा भी लेते, परन्तु अब तो बहूरानी उन तक को घुड़क देती थीं, उनको बीच में बोलने से मना कर देती थीं। सुपुत्र थे जो मौन रहने और हवा के साथ बहने में ही अपनी भलाई समझते थे। घर में बहू की ही चलती, पति और ससुर नाममात्र के मर्द थे, हर मसले पर बहू के तर्क और उसकी मर्ज़ी के आगे झुक जाते थे।

चोपड़ा साहब की शानोशौक़त, भव्य रहन-सहन को देखकर

बिपिन बाबू के मन में थोड़ी ईर्ष्या होनी स्वाभाविक थी, परन्तु मित्र की आत्मीयता और व्यवहार उनको एक शुभचिन्तक के दायरे में ही रहने को विवश करते थे। चोपड़ा साहब उनको हितैषी मानने लगे थे, इतना कि पुत्र की उदासीनता और बहू की बढ़ती हुई दख़लन्दाज़ी और मनमानी का ज़िक्र अक्सर शिकायत के रूप में कर देते थे। बिपिन बाबू को लगा जैसे ऊपरी हँसमुखपन के नीचे किसी गहरे असन्तोष की धारा बह रही हो। परन्तु इसे परिवार का आपसी मामला जान कर उन्होंने इसे कुरेदने की कोशिश नहीं की।

इस बार दिल्ली पहुँचकर बिपिन बाबू ने तुरन्त चोपड़ा साहब को मोबाइल पर फ़ोन मिलाया।

"दिल्ली आ गये क्या? या गाँव में घुसे बैठे हो"—चोपड़ा साहब ने चिरपरिचित अन्दाज़ में कहा।

"यह बताओ मोटरगाड़ी कब भेज रहे हो? यहाँ बैलगाड़ी तो चलेगी नहीं"—बिपिन बाबू बोले।

"ठहरे कहाँ हो?"

"इस बार यू.पी. भवन में हूँ।"

"अरे फिर क्या, बाहर निकलो और बायें को चल दो। बगल की बिल्डिंग में मैं हूँ—मौर्या में, मौर्याशेरेटन होटल में। यहीं चले आओ, सीधे कमरा नं. 512 में।"

'कमरा नं. 512? यह क्या?"

"अरे आओ तो सही, या टेलीफ़ोन पर ही बतियाते रहोगे?"

बिपिन बाबू ने अच्छा कहकर फ़ोन काट दिया। सोचने लगे बड़े आदमी हैं, कोई नयी बिज़नेस डील सूझ गयी होगी, तभी होटल में बैठे होंगे। तैयार होकर बाहर निकले, गर्मी थी सो पैदल नहीं चलना चाहते थे। एक ख़ाली ऑटो में बैठ गये, ड्राइवर के हाथ में पचास का नोट रखा और मौर्या होटल के बाहर छोड़ने को कहा।

बिपिन बाबू ने थोड़ी देर में कमरा नं. 512 पर दस्तक दी। अन्दर से 'कम इन' की आवाज़ आयी। कक्ष में प्रवेश करते ही उन्होंने देखा कि चोपड़ा साहब बिस्तर में तकियों के सहारे बैठे हुए

हैं। मित्र को देख जल्दी से उठे और बिपिन बाबू के गले लग गये। जब अलग हुए तो बिपिन बाबू ने देखा कि चोपड़ा साहब की आँखें नम थीं, वे मुश्किल से रुलाई दबा पा रहे थे। बिपिन बाबू ने हलके से उनको सोफ़े पर बिठाया और स्वयं पास बैठ कर बोले, "बताओ यह सब क्या...?"

सोफ़े पर बैठ कर चोपड़ा साहब फफक कर रो लिए, फिर रुमाल से आँसू पोंछ और नाक साफ़ कर बोले, "कुछ कॉफ़ी पी लो।"

टेबिल पर रखा फ़ोन उठाकर उन्होंनें कॉफ़ी का ऑर्डर दिया। जब तक वेटर कॉफ़ी पेश कर के चला नहीं गया दोनों मित्र चुपचाप ही बैठे रहे। बिपिन बाबू वक़्त की नज़ाकत समझ रहे थे, इन हालात पर कुछ कहना या न कहना और कहना तो कितना कहना, यह केवल चोपड़ा साहब का निर्णय हो सकता था, उनका काम तो बस मन हलका करने के लिए दोस्त की मदद करना था।

कॉफ़ी पीते-पीते चोपड़ा साहब बोले, "याद है, जब तुम पिछली बार आये थे तो बहू अपने रिश्तेदारों के आने की तैयारी में कैसे घर ठीक करा रही थी, कैसे नौकरों को हड़का रही थी, झाड़-पोंछा वालों के पीछे पड़ी थी, कुक को मसाला तेज़ न करने के लिए डाँट रही थी? बस वह तो ट्रेलर था। उसके बाद उसके रिश्तेदारों का ताँता लगा रहा, सारे नौकर-चाकर मेहमानों की सेवा में जुटे रहते थे, मुझे चाय पीनी हो तो खुद किचन में जाकर कहना पड़ता था खैर...यह तो शुरुआत थी।"

बेटा और बहू हॉल के एक ओर के तीन कक्षों में से एक में रहते थे, बगल के कमरे में बहू की माता जी एक महीने से डेरा जमाये थीं। एक दिन वे नाश्ते के समय बोलीं, "बधाई हो समधी साहब, आप दादा बनने वाले हैं। भगवान की कृपा है कि एक महीना तो ठीक से निकल गया, आगे भी शुभ-शुभ रहेगा।"

चोपड़ा साहब को जैसे करंट मार गया हो। इतनी अहम ख़बर जो उनको बेटे या बहू से तुरन्त मिलनी चाहिए थी वह उनकी समधिन साहिबा इतने अन्तराल के बाद उन्हें सुना रही थीं। एक

क्षण उन्होंने सोचा कि बेटा बहू उन्हें अपना मानते भी हैं या नहीं। फिर औपचारिकता में कठिनाई से मुँह पर ख़ुशी लाकर बहू की कुशलक्षेम पूछने लगे। बहू के मन में कुछ और ही था। मौक़ा न गँवाने के लिहाज़ से उसने तुरन्त कहा–'देखिए न पापाजी, अब और तैयारियाँ करनी होंगी। यह तो अच्छा है कि मम्मी जी यहाँ हैं नहीं तो कौन राय देता। और हाँ, अब एक नर्सरी का सोचना पड़ेगा बच्चे के लिए, उसकी आया के लिए, सब इन्तज़ाम करने पड़ेंगे, हो सकता है कि नर्सरी वाले कमरे में कुछ तोड़-फोड़ भी करवानी पड़े। राहुल और मैं कल रात यही प्लानिंग कर रहे थे। राहुल आप पापा जी को बताइये न...।"

सुपुत्र राहुल जी दाँत निकालकर कहने लगे, "पापा जी नर्सरी का कमरा हमारे बेडरूम से मिला रहे तो ही ठीक रहेगा। रात में शालिनी को हॉल में नहीं जाना होगा बगल के कमरे में सट से जा सकेगी, बच्चे को एक-दो बार रात में देखना ही होगा, फ़ीड भी करना होगा...।"

चोपड़ा साहब का दिमाग़ तो अवश्य ठनका परन्तु तुरन्त समझ नहीं पाये कि नर्सरी का मामला किस ओर जा रहा था। सुपुत्र राहुल तो इतना कहकर चुप हो गये, आगे बहू ने स्वयं कमान सँभाल ली। बोली, "पापा जी अब देखिए इस घर में दो ही बेडरूम आपस में मिले हैं—आपका और उसके बगल वाला। राहुल कह रहे थे कि यदि हम लोग वहाँ शिफ्ट हो जायें तो बच्चे के लिए ठीक होगा। बगल के कमरे में मैं आसानी से उसे रात-बिरात देख लूँगी, और आपका मन उससे खेलने का हो तो आपको हम लोगों को डिस्टर्ब भी नहीं करना होगा। वैसे आप जैसा ठीक समझें...।"

बहरहाल चोपड़ा साहब को अपना प्रिय ठिकाना छोड़ कर हॉल के दूसरी ओर एक गेस्ट रूम में जाना पड़ा। नर्सरी बनी, पोता हुआ, हवन पूजन हुए, मेहमानों से घर भरा रहा, समधिन साहिबा भी कई महीनों तक डटी रहीं। समय बढ़ा, बच्चा एक साल का होने वाला था, एक बड़ा जश्न तो पहली सालगिरह पर लाज़मी था। मेहमानों

की लिस्ट बनने लगी। चोपड़ा साहब के रिश्तेदार दिल्ली या आसपास के ही रहने वाले थे, उत्सवों में शामिल होकर अपने-अपने घर लौट जाते थे। परन्तु समधियाने वाले करनाल और जालन्धर तक से आते थे, उनके रहने की व्यवस्था घर में ही होनी थी। इतना बड़ा घर होने पर मेहमानों को होटल में ठहराना अटपटा लगता है।

परन्तु इतने मेहमानों के लिए केवल दो बेडरूम? आख़िर में फ़ैसला हुआ कि हॉल में भी चारपाई लगवा दी जायें, करीबी रिश्तेदार ही तो आयेंगे, घुल-मिलकर रह लेंगे। परन्तु समस्या बाथरूम की आ रही थी। केवल दो बाथरूम पर्याप्त नहीं होंगे—यदि एक और हो पाता तो काम चल जाता। धात्री माँ और शिशु के बाथरूम में आना-जाना बीमारी को न्योता देना था...तो आख़िर क्या किया जाये?

अन्त में वही हुआ जिसकी योजना काफ़ी समय पहले बन चुकी थी और जिसके क्रियान्वयन की ज़िम्मेदारी घुड़का-घुड़काकर राहुल को सौंपी गयी थी। दबी ज़बान में पुत्र ने पिता से कहा, "पापा इतने मेहमान आपको परेशान कर देंगे, आप की आदत शान्त जगह में रहने की है, मगर यहाँ तो आपके बगल के कमरों में, हॉल में, यह लोग ऐसा ऊधम मचायेंगे कि आप परेशान हो जायेंगे। मैंने पहले सोचा होता तो यह तमाशा होने ही नहीं देता परन्तु अब निमन्त्रण जा चुके हैं, करूँ तो क्या करूँ...यहाँ केवल दो बाथरूम हैं, ये लोग आपके बाथरूम में घुसने लगे तो आप क्या करेंगे? किसी को डाँट-डपट भी नहीं सकते...।"

चोपड़ा साहब चुप्पी साधे रहे, बोलते तो ग़ुस्सा फट सकता था, यह समय अनबन के लिए नहीं था। आख़िर में राहुल ने बाप के पीछे खड़ी चंडी रूपी बीवी को देखा, हिम्मत जुटा कर हकलाते हुए बोले, "पापा, मैंने गैरिज के ऊपर के कमरे साफ़ करा दिये हैं, वहाँ किसी तरह की परेशानी नहीं होगी, आपको आराम रहेगा, कच-कच से बचे रहेंगे, एकान्त और शान्ति रहेगी...।"

चोपड़ा साहब एक साल के भीतर मास्टर बेडरूम से गेस्टरूम और वहाँ से गैरिज के ऊपर के कक्ष तक का सफ़र पूरा कर चुके

थे। मेहमानों का ताँता बन्द नहीं हुआ, इसलिए उनके घर के अन्दर लौटने की नौबत नहीं आयी। उनको और अधिक आराम देने के लिहाज़ से उनका चाय-नाश्ता-खाना भी गैरिज के कमरें में ही परोसा जाने लगा। अर्थात् उनका मुख्य घर में आना-जाना न के बराबर हो गया। उनसे मिलने वालों को भी गैरिज का रास्ता दिखा दिया जाता था यह कहकर कि घर के अन्दर रिपेयर का काम चल रहा है।

मन मसोस कर चोपड़ा साहब घंटों अकेले बैठे रहते थे। दिन में एक-आध बार नीचे उतरकर बगीचे में कुछ समय बिता लेते थे। वे समझ नहीं पा रहे थे कि इकलौता बेटा जिसको लाड़-प्यार से पाला, जिसकी हर इच्छा-पूर्ति के लिए वे जी जान लगा देते थे, विशेषकर उसकी माँ के गुज़र जाने के बाद से, वह बच्चा कैसे विमुख हो गया? उनकी ओर से क्या कमी रह गयी थी, उसके प्रति या उसकी पत्नी के प्रति? आज तक उन्होंने ऊँची आवाज़ में बात नहीं की, उनके पारस्परिक जीवन में दख़ल नहीं दिया, उनके घूमने-फिरने यार-दोस्तों के साथ समय बिताने पर कभी आपत्ति नहीं की, अपनी इच्छाओं, अपनी आवश्यकताओं, अपनी आकांक्षाओं का कभी ज़िक्र तक नहीं किया, नौकरों को पहले बेटे-बहू की सेवा के लिए ही प्रोत्साहित किया, अपना काम बाद में होना स्वीकार किया।

फिर भी बेटा-बहू अपने में मगन, केवल अपने आराम और सुविधा के लिए ही सोचें, सदा बाप से पैसे ऐंठने की फिराक में, कभी पर्यटन के लिए, कभी नयी कार के लिए, कभी ससुराल पक्ष की शादियों में उपहार के लिए। यहाँ तक कि उनके बैंक खातों में अपना नाम डलवाने की चर्चा भी शुरू कर चुके थे। पर, न जाने क्या सोचकर, किस आशंका से, किस मार्मिक स्थान पर आघात होने से, उन्होंने एक रेखा खींच दी। सम्भवतः अपनी पत्नी के आख़िरी दिनों में दी गयी हिदायतों का ध्यान जिनमें उस समझदार स्त्री ने उनसे बार-बार कहा था कि वे अपनी विरासत में जिसको चाहें जो चाहें दे दें, परन्तु अपने जीवनकाल में मकान और अपनी चेकबुक अपने ही हाथ में रखें। पत्नी के इस विचार और इस हिदायत का

आशय अब उनको स्पष्ट होने लगा और अपनी असली ताक़त, असली पकड़, कायम रखने का उनका इरादा और दृढ़ हो चला।

बेटे-बहू के संवेदना रहित व्यवहार ने धीरे-धीरे चोपड़ा साहब को उनसे विरक्त कर दिया। कभी सामने पड़ने पर कुशलक्षेम पूछ लेते थे, वरना वे अधिकांश समय क्लब और पुराने मित्रों के साथ व्यतीत करने लगे थे। बच्चों का ख़याल भी वे अब अपने मस्तिष्क से ढकेलने लगे थे, उपेक्षा अब उनको आहत नहीं करती थी, उदासीन व्यवहार उनको आक्रोशित नहीं करता था। ऐसे भावशून्य वातावरण में एक दिन सामने पड़ने पर राहुल ने कहा, "हाँ, पापा जी, हम लोग एक महीने के लिए इंग्लैण्ड जाने वाले हैं। शालिनी के मामा जी ने हॉलीडे के लिए बुलाया है। एक-दो दिन में टिकट-वीज़ा आदि फ़ाइनल हो जायेंगे।"

"बहुत अच्छा, ज़रूर जाओ" कहकर चोपड़ा साहब ने बातचीत बन्द कर दी। साहबज़ादे उनको अपना निर्णय बताने आये थे, राय अथवा आज्ञा लेने नहीं। चोपड़ा साहब के मन में जैसे साँप लोट गया हो, परन्तु उनको एक और भी आभास हुआ, बल्कि एक अनकही सूक्ष्म धारणा उनके मन में जगी, एक धुँधला सा इरादा, इस रोज़-रोज़ की टेंशन से निजात पाने का इरादा। जो अपना न समझे, जो निरन्तर उपेक्षा करता रहे, जिसे उनके दुख सुख, चाहत-नापसन्दगी, आरोग्यता-निरोग्यता का ख़याल न हो, जो केवल संयोगवश ख़ून के रिश्ते की विवशता के कारण एक चहारदीवारी में रहने को बाध्य हो—ऐसे साथ की, भागीदारी की, ऐसे ढोंग की क्या आवश्यकता? इसको समाप्त करना ही सब के हित में था।

जिस दिन बेटे, बहू, पोते को प्रस्थान करना था, चोपड़ा साहब टेलीफ़ोन के आस-पास ही रहे। जहाज़ के उड़ने के समय के लगभग तीन घंटे बाद उन्होंने एयरलाइन को फ़ोन मिलाया और पूछा कि क्या फ़्लाइट टाइम से उड़ी थी और इस समय जहाज़ कहाँ पहुँच गया होगा? जवाब मिला कि जहाज़ ठीक समय पर रवाना हुआ था और अब दुबई के आगे निकल चुका होगा। चोपड़ा साहब को फ़्लाइट्स

के बारे में अच्छा ज्ञान था, वे आश्वस्त हो गये कि यदि अब जहाज़ में कोई ख़राबी आयी भी तो वह किसी अरब मुल्क अथवा तुर्की आदि में उतारा जायेगा, भारत वापस नहीं आयेगा। चोपड़ा साहब ने तुरन्त दो परिचित प्रॉपर्टी डीलर को फ़ोन मिलाया, दोनों से कहा यदि वे अच्छे मुनाफ़े की डील चाहते हों तो तुरन्त उनसे मिलने आ जायें। एक को आधे घंटे में आने को कहा, दूसरे को डेढ़ घंटे के बाद। यह लोग अपने-अपने निर्धारित समय पर पहुँच गये। चोपड़ा साहब की गिनती मालदारों में होती थी, उनकी डील और उससे लाभ भी बड़ा होना था।

बहरहाल चोपड़ा साहब ने दोनों प्रॉपर्टी डीलर के सामने अपना बँगला तुरन्त, अधिक से अधिक दस दिन में, बिकवाने का प्रस्ताव रखा, अपनी कीमत तय कर दी, उससे अधिक मिलने पर डीलर का कमीशन दुगना, बस शर्त यह थी कि बातचीत केवल गम्भीर पार्टी से की जाये और सौदे की भनक लोगों को न लग पाये। इसके साथ ही उन्होंने पास की डी.डी.ए. कॉलोनी में एक तीन बेडरूम का फ़्लैट किराये पर लेने की दरकार की। प्रॉपर्टी डीलर भौचक्के से उनको घूरने लगे, परन्तु चोपड़ा साहब ने कह दिया कि वे कोई सवाल न पूछें, केवल उनके आदेश का पालन करें।

एक सप्ताह के भीतर दूसरे नम्बर के डीलर एक पुख़्ता प्रस्ताव लेकर हाज़िर हुए। चोपड़ा साहब को प्रस्ताव ठीक लगा, ख़रीददार से दूसरे दिन मीटिंग हुई, अधिक आग्रह पर चोपड़ा साहब ने ख़र्चे इत्यादि के लिए दो लाख कम कर दिये, सौदा पक्का हो गया, ख़रीददार लिखा-पढ़त में एक करोड़ का चेक देकर रवाना हुआ, उसे एक सप्ताह के भीतर कब्ज़ा मिलना था और बाक़ी भुगतान करना था।

अगले दिन चोपड़ा साहब ने सामान पैक करने वालों को बुलाया। अपनी मृत पत्नी की यादगारों को एक सूटकेस में स्वयं अपने हाथों से रखा, कुछ फ़ोटो, कुछ एलबम भी अलग किये, अपने कपड़े, कुछ ख़ास किताबें भी अपने हाथों बैग में रखकर गैरिज वाले कक्ष में भिजवा दिया। बाकी सबकुछ पैक होता रहा और एक टैम्पो में

डी.डी.ए. के फ़्लैट में जाता रहा। किराये का फ़्लैट जब सामान से खचाखच भर गया, तो बाकी फ़र्नीचर आदि बँगले में ही छोड़ दिया गया।

नौकर, बावर्ची आदि बरसों से कार्यरत थे, चोपड़ा साहब उनके लिए भगवान थे। समझ वे सब कुछ रहे थे, बड़े दुःखी मन से आदेशों का पालन कर रहे थे, और जब चोपड़ा साहब ने सबको एक-एक करके ऊपर के हॉल में बुलाया और घर का बचा हुआ सामान बाँटना शुरू किया तो प्रत्येक व्यक्ति फूट-फूटकर चोपड़ा साहब के पैर पकड़ कर रोया। चोपड़ा साहब ने सबको चादर, तकिये, तौलिए, लिहाफ़ गद्दे जैसे सामान दिये, अन्त में एक लिफ़ाफ़ा जिसमें बड़ी रकम का चेक था, प्रत्येक नौकर के हाथ में रखा। विदाई गले लगाकर की, आँसू बहाकर की, परन्तु बेटे बहू के विषय में कोई टिप्पणी नहीं की।

अगली सुबह उन्होंने विश्वासपात्र चौकीदार को बुलाया, उसे डी.डी.ए. फ़्लैट की चाभी दी और लिफ़ाफ़े में बन्द एक पत्र, इस आदेश के साथ कि राहुल के लौटने पर चाभी और पत्र उसको सौंप दिया जाये, मगर उससे कुछ कहा न जाये, यह तो हरगिज़ नहीं कि वे स्वयं कहाँ गये और कहाँ रह रहे हैं।

पत्र में लिखा था—

राहुल जी...

जिस घर में मेरी ज़रूरत न हो वह घर मेरे किस काम का? एक तिरस्कृत बोझ की तरह साथ रहने का क्या अर्थ? सम्भवतः सोने का अंडा देने वाली मुर्गी की देखरेख मुझसे अधिक अच्छी होती हो? अतः मैं यह अर्थ-विहीन रिश्ता यहीं समाप्त करता हूँ। तुम स्वयं कमाते हो, अपने बल पर रहो वैसे भी मेरी आवश्यकता तुम्हें नहीं है। घर का सामान तुम्हें सौंपता हूँ जो डी.डी.ए. के फ़्लैट नं. 111 में बन्द है, और चाभी तुम्हें सौंपी जा रही है। फ़्लैट का तीन महीने का किराया दिया जा चुका है। कामना करता हूँ कि तुम सपरिवार सुखी एवं स्वस्थ रहो। मुझसे मिलने का कष्ट न करना।

बंसीधर चोपड़ा

यह सब बताकर चोपड़ा साहब बुरी तरह रोने लगे। बिपिन बाबू ने उनका कन्धा पकड़कर शान्त कराया और कहा, "भई, आपने तो बहुत हिम्मत दिखाई, इतना बड़ा निर्णय, इतना बड़ा क़दम, मगर एक तरह से आपने बिल्कुल सही किया। स्वार्थ, और केवल स्वार्थ, और माता-पिता के प्रति ऐसी उदासीनता? नहीं नहीं, तिरस्कार, ऐसा घोर तिरस्कार...इसके लिए माफी नहीं हो सकती...।"

कुछ देर दोनों निर्वाक् रहे, फिर बिपिन बाबू बोले, "आयेंगे, दोनों माफ़ी माँगने आयेंगे, गिड़गिड़ाएँगे। मगर जब आपने यह क़दम उठा ही लिया है तो अभी इस पर कायम रहिए, कुछ दिनों के लिए ही सही। अब यह होटल छोड़िए और मेरे साथ चलिए। बाद में सोचिएगा क्या करना है।"

* * * * *

वरिष्ठ नागरिक सभा की अगली मीटिंग में, बिना चोपड़ा साहब का नाम उजागर किये, बिपिन बाबू ने यह वृत्तान्त सुनाया। चारों ओर से आवाज़ें आने लगीं—"ठीक किया, ससरूऊ ऐसे बेटे बहू के साथ ऐसा ही होना चाहिए, अब अकल ठिकाने लगी होगी...।"

सही मौक़ा समझकर बिपिन बाबू बोले, "यहाँ भी कई भाई इसी तरह के असन्तोष, दुःख और ग्लानि में जी रहे हैं। यहाँ तक कि अपना आत्मसम्मान, अपनी पहचान भी खोते जा रहे हैं, यदि आप मेरे मित्र के दृढ़ निश्चय और कार्य की सराहना करते हैं, तो स्वयं भी हिम्मत जुटाइये और ऐसा क़दम उठाइये जिससे आपका वर्चस्व और आपकी मनोशान्ति बनी रहे।"

श्रोताओं के मुखौटों पर दृढ़ता और स्वाभिमान की कुछ लकीरें देखकर बिपिन बाबू और आगे बढ़ गये, "आप सब पेंशनयाफ़्ता नज़र आते हैं, तो लाचारी किस बात की? छोड़िए ऐसी रोज़-रोज़ की टेंशन, तू-तू, मैं-मैं, तिरस्कार, ग्लानि। अपना रास्ता अलग कीजिए—अपने हमउम्रों का साथ, एकान्त, पूजा-पाठ, शान्ति। चलिए, ऐसे सब लोग एक साथ रहें, एक-दूसरे का सहारा बनें और अपनी मर्ज़ी से जिसे चाहे मिलें, जो चाहे करें...।"

"ठीक तो कह रहे हैं, चलिए कुछ किया जाये"—यह आवाज़ थी केवलराम जी की जो पिछली मीटिंग में फफक-फफक कर रोये थे।

"तो बताइए क्या किया जाये"—यह वाक्य था दुर्गादास जी का जिनके बेटे-बहू बीमार होने पर दवा तक नहीं कराते थे।

बिपिन बाबू कच्ची बात तो करते नहीं थे, हल उनकी ज़बान पर था। बोले—"सरयू के किनारे आबादी से हट कर एक छोटा मन्दिर मैंने देखा है। इस मन्दिर में सात-आठ कमरे हैं जिन्हें पुजारी किराए पर उठाता है। मेरी समझ से वरिष्ठ नागरिकों के रहने के लिए यह स्थान बड़ा उपयुक्त रहेगा। सब लोग अपना-अपना कमरा लें, एक कमरा सार्वजनिक हो, एक चौका जिसमें मनपसन्द भोजन बने, सारा ख़र्चा बाँट लिया जाये। मैं तो यह कहूँगा कि यदि कोई वृद्ध अपना ख़र्चा न उठा सके, तो यह सभा उसके लिए प्रबन्ध करे।"

ख़ूब तालियाँ बजीं। बिपिन बाबू की ओर श्रद्धा, सम्मान बढ़ा। सब लोग प्रसन्न दिखे जैसे कोई बड़ा काम सम्पन्न कर लिया हो। बिपिन बाबू भी उत्साहित हो चले।

वे बोले, "तो चलिए, परसों रविवार है, हम सब लोग प्रातः नौ बजे इस मन्दिर पर एकत्रित हों, जगह देखने के बाद आगे की कार्यवाही पर विचार हो।"

सब प्रसन्न मुद्रा गें हाँ, हाँ कहकर रवाना हुए। अगले रविवार को बिपिन बाबू नौ बजे से पहले ही मन्दिर पहुँचकर औरों की प्रतीक्षा करने लगे। एक घंटा बीत गया। पुजारी के घर से पानी और दो पेड़े आये। एक घंटा और बीता। पुजारी स्वयं एक गिलास चाय लेकर आये। पुजारी ने पूछा, "किसी की प्रतीक्षा कर रहे हैं, बाबूजी?"

बिपिन बाबू चौंक गये। बोले—"नहीं, नहीं, ऐसा कुछ नहीं।" ऐसा कहकर वे अपनी कार की तरफ़ चल पड़े।

कौन भूले, कौन याद रखे

ज़मींदारी अवश्य समाप्त हो चुकी थी, परन्तु केशव बाबू के रईसी हाव-भाव बरकरार थे। उनके पूर्वजों ने स्वयं कभी खेती नहीं की थी, अपनी व्यक्तिगत ज़मीनें सदा बटाई पर ही देते थे। इस नये ज़माने में ज़मीनों को सँभालना केशव बाबू को बड़ी टेढ़ी खीर लगती थी। बिना पुराने ज़मींदाराना रुतबे के ज़मीन बटाई पर देना आफ़त मोल लेना था। आख़िर में केशव बाबू इस निष्कर्ष पर पहुँचे कि जब ज़मीदारी ही नहीं तो ज़मीन किस काम की? भाग्यवश उनके क्षेत्र में नये कारख़ाने लग रहे थे और भूमि की कीमतें दिन-रात बढ़ रही थीं। नये युग में नये प्रकार के निवेश में भलाई समझकर उन्होंने अपनी ज़मीनें विक्रय करना शुरू कर दीं। अपने व्यावसायिक मित्रों से राय लेकर पूँजी, शेयर बाज़ार और बैंकों में अच्छे ब्याज पर लगा

दी। कुछ ही वर्षों में इतनी कमाई होने लगी जितनी ज़मींदारी के समय में उनके पिता, दादा को नसीब नहीं हुई थी।

बदलते समय के अनुसार केशव बाबू ने अपने पूर्वजों की ऐंठ और अहंकार का परित्याग कर दिया था। समाज की नज़रों में उनकी शिष्टता, उनकी विनम्रता ने उनकी रईसी को चार चाँद लगा दिये थे। नये युग के हिसाब से केशव बाबू अपने पूर्वजों से भिन्न थे। बस एक दिशा में उन्होंने अपनी पारिवारिक प्रथा अवश्य कायम रखी थी, और वह थी दस्तरख़ान को हमेशा गरम रखने की परम्परा। रोज़मर्रा के चाय-पानी के अलावा महीने में दो-चार छोटी-बड़ी दावतें तो वे निश्चित रूप से आयोजित करते थे। मेहमानों की फ़ेहरिस्त में उनकी विकासशीलता चमकती थी। प्रत्येक भोज में समाज के सभी प्रभावशाली वर्गों का प्रतिनिधित्व ऐसी सहजता और बारीकी से सुनियोजित किया जाता था कि मेहमान आपसी विवादों में न फँस पायें और मेहमाननवाज़ी से ओत-प्रोत होकर केशव बाबू के ही गुण गायें। यदि ज़िलाधिकारी मुख्य अतिथि होते तो पुलिस कप्तान की मौजूदगी भी अनिवार्य थी, साथ में ऐसे पुराने रईस और ऊँची श्रेणी के विद्वान एवं लेखक जिनकी उपस्थिति से वातावरण गरिमामयी रहे। बड़े अधिकारियों के साथ व्यवसायियों का मिश्रण कभी ठीक नहीं बैठता था क्योंकि आदतानुसार व्यवसायी हर स्थिति में कोई न कोई फ़ायदा अवश्य ढूँढ़ना शुरू कर देता था। हाँ, एक दो चापलूस पत्रकार अथवा समाजसेवी की उपस्थिति सदा वांछनीय होती थी क्योंकि बाद में दावत की भव्यता और सफलता की समाज में चर्चा होनी भी तो आवश्यक होती थी।

उनके द्वार पर आने वाला व्यक्ति, चाहे छोटा हो या बड़ा, बिना चाय, नाश्ता, सिगरेट, पान के दहलीज के बाहर नहीं जा सकता था। ऐसे रसूक़ की वजह से शहर का बच्चा-बच्चा उन्हें जानता था। सड़क पर चलते समय उनका हाथ नीचे नहीं गिरता था, लोगों का अभिवादन स्वीकारने में रास्ते भर माथे पर ही टिका रहता था। यही उनका परम सुख था, यही उनकी व्यवहारशीलता

का पारितोषिक। सबसे अधिक खुशी उनको तब मिलती थी जब वे किसी समारोह में शिरकत करने के लिए हॉल में दाख़िल हों और अगली पंक्ति में बैठे लोग यकायक उठकर उनका अभिनन्दन करें और उनको बैठाने के लिए आपस में कुर्सी खाली करने की होड़ में लग जायें।

परिणामस्वरूप केशव बाबू की अधिकारियों और सरकारी दफ़्तरों में पैठ अच्छी थी। उनके मुँह खोलने पर 'न' होने का प्रश्न ही नहीं होता था। वैसे वे आसानी से किसी के लिए सिफ़ारिश नहीं करते थे, ख़ासतौर पर खाते-पीते लोगों के लिए क्योंकि ऐसे लोग स्वयं ही काफ़ी सक्षम होते हैं और दूसरों का उपयोग लालचवश अधिक लाभ के लिए करना चाहते हैं। इसके विपरीत, ग़रीब, असहाय और ज़रूरतमन्द की मदद करने से वे अपने आप को रोक नहीं पाते थे और बिना हिचक अपनी शक्ति का प्रयोग कर डालते थे। सहायता करने के बाद ऐसे लोगों से वे किसी प्रकार की अपेक्षा नहीं करते थे, यहाँ तक कि किसी से सलाम बजाने तक की दरकार नहीं रखते थे।

इसी क्रम में एक दिन उनकी बैठक में एक बुजुर्ग हाज़िर हुए। झुककर 'आदाब' करने के बाद बोले, "हुज़ूर ने शायद न पहचाना हो, मैं कचहरी में अर्ज़ीनवीस का काम किया करता था। अब रिटायर हो चुका हूँ।"

"अरे, अरशद मियाँ, आपको बताने की ज़रूरत है? हम आपके एहसानों को कभी भूल सकते हैं? हमें एक नक़ल की ज़रूरत पड़ी थी, हमारे मुंशी के कहने पर आप खुद उसको लाकर हमें थमा गये थे...," केशव बाबू ने कहा।

अरशद मियाँ का चेहरा ख़ुशी से चमक उठा। बोले, "यह जनाब की ज़र्रानवाज़ी है, आपकी ख़िदमत करने की ख़ुशकिस्मती कौन नहीं चाहेगा...?"

केशव बाबू ने पलटकर एक नौकर की तरफ़ देखा। हुक्म दिया, "रामसरूप आज गर्मी बहुत है, अरशद साहब के लिए कुछ ठंडा शरबत लाइए।"

अरशद मियाँ बोल पड़े, "मेरे साथ एक मोहतरमा भी हैं जो आपके सामने पेश होने की इजाज़त चाहती हैं।"

"ज़रूर, ज़रूर," केशव बाबू ने कहा, "उन्हें बुलाइए। और, हाँ रामसरूप, दो गिलास शरबत लाना।"

अरशद मियाँ बाहर निकले और तुरन्त सर से पाँव तक बुर्के से ढकी एक महिला को लेकर वापस आ गये। केशव बाबू ने खड़े होकर महिला का 'आदाब' स्वीकार किया और उन्हें तशरीफ़ रखने के लिए आमन्त्रित किया। जैसे ही रामसरूप ने शरबत के गिलास मेज़ पर रखे, केशव बाबू ने पूछा, "कहिए, क्या सेवा कर सकता हूँ?"

केशव बाबू एक ही नज़र में मोहतरमा का बदरंगा नक़ाब और आधी घिसी हुई रबड़ की चप्पल देख कर अन्दाज़ा लगा चुके थे कि वे आर्थिक परेशानियों से गुज़र रही थीं। अरशद मियाँ के बयान ने मामला और साफ़ कर दिया—एक बेवा जिसके शौहर पाँच बच्चों का तोहफ़ा देकर अल्लाह को प्यारे हो गये थे। ख़ुशकिस्मती से बीवी साहिबा पढ़ी-लिखी थीं, इण्टर पास थीं, और निकाह के पहले एक मदरसे में पढ़ाती थीं। हर साल का एक गर्भ और एक प्रसव उनके स्वास्थ्य को तोड़ चुका था।

उनकी बार-बार की ग़ैर-हाज़िरी की वजह से मदरसा कमेटी और बर्दाश्त न कर पाने को मजबूर हो गयी थी। अब उनके पास न कोई काम था, न कोई आमदनी। आस-पड़ोस की इमदाद पर ही वे और उनके बच्चे ज़िन्दा थे। यह सब बयान करने के बाद अरशद साहब ने मोहतरमा से कहा, "अब आगे की बात खुद कहिए....।"

दबी ज़बान में, बेहतरीन उच्चारण और सलीक़े से मोहतरमा ने कहा, "हुज़ूर अरशद साहब मेरे हालात बयाँ कर चुके हैं, अब आपको और परेशान क्यों करूँ? मैं ख़ैरात नहीं चाहती, काम करके अपना और बच्चों का पेट भर सकूँ, वही अल्लाह का सबसे बड़ा रहमो-करम होगा।"

"बहुत अच्छा। मगर बताइए तो सही, कि आप क्या सोच रही हैं?" केशव बाबू बोले।

"जनाब, नगरपालिका के स्कूल में एक उर्दू टीचर की जगह ख़ाली है। अगर हुज़ूर की इनायत हो जाये तो वह नौकरी मुझे मिल सकती है। मैं उर्दू में इण्टर हूँ, और एक मदरसे में चार साल पढ़ा चुकी हूँ।"

अब अरशद मियाँ बोले, "इस वक्त ए.डी.एम. सिटी साहब के चार्ज में नगरपालिका है। वैसे हुज़ूर जो ठीक समझें।"

कुछ सोचने के बाद केशव बाबू ने कहा, "अरशद मियाँ, आप इन मोहतरमा का नाम, एजूकेशन, एक्सपीरिएन्स आदि लिख कर मुझे दें। देखिये क्या कर पाता हूँ...।"

केशव बाबू उठ खड़े हुए। अरशद मियाँ और मोहतरमा आदाब बजाकर कमरे से बाहर हो लिए। मोहतरमा का ब्योरा लिख कर मुंशी जी के हवाले किया और घर चले गये।

इस वक़्त मोहम्मद शरीफ़ खाँ साहब ए.डी.एम. सिटी थे। कई बार केशव बाबू की दावतों में शामिल हो चुके थे। नाम से भी ज़्यादा शरीफ़ और मददगार इनसान थे।

चपरासी से केशव बाबू के आने की सूचना पाते ही बँगले से बाहर निकल आये और उनका हाथ पकड़कर बड़े आदर से उनको बैठक में ले गये।

एक-दूसरे का हाल-चाल लेने के साथ ही चाय पेश हुई। आख़िर में केशव बाबू ने ख़ाली प्याला मेज़ पर रखते हुए कुछ संकोच से कहा, "मैं फिर आपको एक तकलीफ़ देने चला आया हूँ।"

"वह किसी और की ही तकलीफ़ होगी, जनाब...मगर मैं जिस भी क़ाबिल हूँ, आपके लिए हमेशा हाज़िर हूँ।" शरीफ़ साहब ने कहा।

केशव बाबू ने उन मोहतरमा की परेशानी का ज़िक्र किया और साथ ही उनकी पढ़ाई और क़ाबिलियत का। मोहतरमा के हाथ का लिखा ब्योरा भी शरीफ़ साहब को पेश कर दिया। अफ़सर महोदय ने ध्यान से काग़ज़ पढ़ा मगर चुप्पी साधे बैठे रहे। इधर केशव बाबू इन्तज़ार में थे कि बात कुछ आगे बढ़े, परन्तु शरीफ़ साहब की ख़ामोशी देख उन्हें कहना ही पड़ा, "क्या सोच रहे हैं?"

आख़िर में शरीफ़ साहब ने चुप्पी तोड़ी और संकोच से बोले, "बाबूजी, मेरे लिए आपका कहना बहुत मायने रखता है, मगर इस माहौल को आप देख ही रहे हैं। यह महिला...एक...मुसलमान...।"

इन शब्दों में केशव बाबू बहुत कुछ समझ गये। एक ईमानदार अफ़सर का वर्ग-विशेष से पक्षपात करने का कलंक लगने का भय। केशव बाबू ऐसे मसलों से रोज़ ही रूबरू होते थे। उनको यक़ीन था कि हिन्दू अफ़सरान ऐसा कोई लिहाज़ नहीं करते थे, अगर लेन-देन की बात न हो तो वे खुल कर अपनी बिरादरी के पक्ष में ही निर्णय करते थे। परन्तु ऊँचे तबके के मुस्लिम अफ़सरान फ़िरका-परस्ती के आरोप से सदा भयभीत रहते थे। सब कुछ समझते हुए भी केशव बाबू इन गम्भीर मसलों को सामने नहीं लाना चाहते थे। इसलिए ज़ोर से हँसते हुए उन्होंने कहा, "मगर लड़कियों के स्कूल में उर्दू पढ़ाने के लिए महिला टीचर आप और किस बिरादरी से लायेंगे...?"

केशव बाबू की बात सुनकर शरीफ़ साहब को एहसास हुआ कि हर बार की तरह बाबूजी ही सही थे। वे थोड़ा शर्माए और फिर मुस्कराकर बोले, "आप मोहतरमा की अर्ज़ी मुझे दें...मैं देख लूँगा।"

वक़्त बीता, मोहतरमा के मामले में न कोई उन्हें बताने आया, न उन्होंने स्वयं पूछताछ की। काम न बनने की स्थिति में ही लोग वापस आया करते थे, कोई ख़बर न मिलना प्रायः कामयाबी का परिचायक होता था। किसी को एहसान के बोझ से दबाना उचित नहीं होता। अच्छे काम के बदले अच्छा पाने की तमन्ना स्वाभाविक है, परन्तु यह सब किसी और ही शक्ति के हाथ है। किस रूप में, किस स्थिति में, कौन सी सहायता कहाँ से मिल जाये, कोई नहीं जानता।

वक़्त आगे बढ़ा। एक दिन दोपहर के समय बाबूजी को फ़ोन पर सूचना मिली कि उनका एकल पुत्र दुर्घटना में ज़ख़्मी हो गया है और उनको उसके पास पहुँचना बहुत ज़रूरी था। आनन-फ़ानन में बाबूजी ने अलमारी से रुपये निकाले, उनको बनियान की जेब में रखते हुए ऊँची आवाज़ में घर वालों को दुर्घटना की सूचना देने लगे। फिर ड्राइवर से गाड़ी निकालने के लिए चिल्लाने लगे। नौकर

ने बताया कि गाड़ी मरम्मत के लिए भेजी गयी थी, जाने की स्थिति में हरगिज़ नहीं होगी। केशव बाबू पसीने से लथपथ हो चुके थे। बिना कुछ और कहे वे तेज़ी से घर के बाहर निकले और कूद कर एक रिक्शा पर बैठ गये। रिक्शा बस स्टेशन की ओर दौड़ने लगा। वहाँ पहुँचे तो खचा-खच भरी बस चलने लगी। केशव बाबू ने एक दस का नोट रिक्शे वाले को थमाया और कूद कर चिल्लाते हुए बस के पीछे भागे। भीड़-भाड़ के इलाके में बस धीमी हुई और केशव बाबू ऊपर चढ़ लिए। सवारियाँ इतनी थीं कि बमुश्किल वे छत से लगे डंडे को पकड़ कर खड़े हो पाये।

जैसा हमेशा होता है, बस चलने के बाद यात्री स्वयं अपने लिए स्थान बना लेते हैं। सामान इधर-उधर खिसकाकर बैठने अथवा इत्मीनान से खड़े होने का प्रबन्ध हो ही जाता है। केशव बाबू अभी भी डंडा पकड़े खड़े थे, साँस लेने की जगह उन्हें मिल चुकी थी, अपने आराम का ख़याल उनके मस्तिष्क से कोसों दूर था, उनकी चेतना में केवल पुत्र के कष्ट की वेदना थी। पाँच-दस मिनट और चलने पर अचानक उनके पीछे से एक महिला की आवाज आयी—"अरे, अरे, आप खड़े हैं...अरे, इधर आइये... ।"

केशव बाबू पीछे मुड़े तो अवश्य, पर समझ नहीं पाये कि कौन किससे क्या कह रहा है। आवाज़ फिर आयी—"अरे बाबूजी, इधर आइये, यहाँ बैठिए.... ।"

इस बार केशव बाबू मुड़े तो देखा कि पीछे की एक सीट पर एक महिला सर से पाँव तक नकाब से ढकी उठकर खड़ी है और उनकी तरफ़ इशारा कर रही है।

वे असमंजस में उसकी ओर देखने लगे। महिला हाथ से इशारा करती हुई बोली, "जी, मैं आप से ही कह रही हूँ...आप खड़े हैं... यहाँ आकर बैठिए।"

महिला अपनी सीट ख़ाली करने लगी तो केशव बाबू ने कहा, "नहीं, नहीं, आप महिला हैं, मैं कैसे बैठ सकता हूँ, आप वहीं बैठें।"

"अरे आप खड़े रहें और मैं बैठूँ यह कैसे हो सकता है...अब

ज़िद न कीजिए...इधर चले आइये," महिला ने ज़ोर देकर कहा।

"आप बहुत मेहरबान हैं...वैसे, मैंने आपको पहचाना नहीं," केशव बाबू बोले।

"क्या? पहचाना नहीं?" महिला ने आश्चर्य भरे शब्दों में कहा।

"जी...माफ़ करें...मैं नहीं समझ पाया आपके बारे में...।"

"यह ख़ूब रही...मुझे स्कूल में टीचर की नौकरी दिलाई थी और कह रहे हैं पहचानते नहीं...।"

सारे यात्री अगल-बगल से झाँककर बाबूजी और नकाबपोश महिला को देखने लगे। कान लगाकर एक-एक शब्द सुनने की कोशिश करने लगे। यह अजीब वाकया था—महिला पहचाने जा रही थी और महाशय अनभिज्ञ बने थे।

"अरे, आपको याद दिला दूँ, मैं अरशद मियाँ के साथ आयी थी। आपके कहने पर ए.डी.एम. साहब ने मुझे नगरपालिका स्कूल में टीचर रखा था। बहरहाल, अब आप पहले इधर आकर सीट पर बैठ जाइए।"

यह सुनकर यात्रियों की आँखों में एकदम से बाबूजी के प्रति सम्मान झलकने लगा। अधिकांश लोग विशेष तौर पर दीन-हीन, एक ही नज़र में, एक ही वाक्य या कर्म से, दानी और उदारवादी मनुष्य को पहचान लेते हैं। बिना किसी स्वार्थ के वे ऐसे मनुष्य का आदर-सम्मान तुरन्त करने लगते हैं, चाहे उसके लिए रास्ता छोड़ें अथवा अपनी कुर्सी और चाहे सामान उठाने या रास्ता पार कराने में उसकी मदद करें। यकायक आधा दर्जन लोग अपनी सीट छोड़ कर खड़े हो गये और बाबूजी को अपने स्थान पर बैठने का आग्रह करने लगे।

अनजान लोगों का इतना आदर और प्रेम देखकर बाबूजी भाव-विभोर हो उठे। पुत्र की पीड़ा की कल्पना से पलकों के पीछे छिपे आँसू अब रुक नहीं पाये और छलककर टपकने लगे। भगवान की लीला—एक ओर असह्य पीड़ा, दूसरी ओर बिन माँगा अजनबियों का इतना प्रेम।

आँसू पोंछते हुए बाबूजी बोले, "आप सब बहुत मेहरबान हैं। मगर आप भी लम्बे सफ़र पर हैं, कृपया बैठे रहिए। मुझे तो पास में ही उतरना है। मैं यहीं खड़ा रहूँगा।"

भीड़ एक बार निश्चय कर लेती है तो कुछ-न-कुछ तो अवश्य कर डालती है। पास में बैठे एक युवक ने एक बिस्तरबन्द घसीटकर उनके पास कर दिया और कहा, "कम से कम इसी पर बैठ जाइए, हमें कुछ सन्तोष तो मिलेगा।"

बाबूजी बिस्तर के बंडल पर आराम से बैठ गये। आगे चलकर बस एक बाज़ार में रुकी तो किसी ने उनके लिए जल, किसी ने फल, किसी ने पान लाने की पेशकश की। बाबूजी ने हाथ जोड़कर सबसे माफ़ी माँग ली। अपनी चिन्ता वह व्यक्त करना नहीं चाहते थे।

थोड़ी देर में जब बस गन्तव्य के क़रीब आने लगी तो वे उठकर खड़े हुए। बस रुक ही रही थी कि पीछे बुर्के के अन्दर से आवाज़ आयी—"हाय अल्लाह, ऐसे भी मददगार हैं जो पलट के नहीं देखते किस को क्या दे दिया...।"

उतरने से पहले बाबूजी उस महिला की ओर मुड़े और बोले, "आप उस दिन भी नकाब में थीं और आज भी नकाब में हैं। बताइए मैं कैसे जानता कि आप कौन हैं? वैसे भी मोहतरमा, आपका याद रखना बहुत सही था, मगर मेरा भूल जाना उससे भी ज़्यादा...। ख़ुदा हाफ़िज़...।"

कौन हारा, कौन जीता

बेनी बाबू की दुकान 'अग्रवाल इंजीनियरिंग वर्क्स' के नाम से जानी जाती थी। लोहे से सम्बन्धित लगभग हर प्रकार का सामान इस दुकान पर मिलता था, और जो नहीं होता था उसकी व्यवस्था बेनी बाबू तुरन्त करा देते थे। लोहे के साथ-साथ अब प्लास्टिक के उपकरण भी यहाँ उपलब्ध होने लगे थे। बहरहाल राघव बाबू जिन्होंने बीस वर्ष पहले इस दुकान से हैंडपम्प का सामान ख़रीदना शुरू किया था, समय के साथ-साथ यहीं से घर के पानी के पाइप, वाशबेसिन, फ़्लश, बढ़िया से बढ़िया प्रकार के नलके और शावर इत्यादि भी ख़रीद कर ले जा चुके थे। यहाँ तक कि घर निर्माण के लिए सरिया, सीमेंट आदि की व्यवस्था भी बेनी बाबू ने ही की थी।

पुराने ग्राहक होने के कारण राघव बाबू को इस दुकान पर बड़ा

आदर-सम्मान मिलता था। उनके पहुँचते ही कोई अन्य ख़रीददार कुर्सी से हटा दिया जाता था, अथवा एक अन्य कुर्सी लायी जाती थी। बेनी बाबू स्वयं खड़े होकर उनका स्वागत करने से कभी नहीं चूकते थे। बेनी बाबू की आँख से राघव बाबू के प्रति आभार टपकता था। यह अन्य बात है कि उन्होंने कभी एक पैसे की छूट नहीं की थी। कई बार इस ओर उनका ध्यान तो गया परन्तु व्यवसायी धर्म के प्रति पूर्ण श्रद्धा रखने वाले इस मनुष्य ने हर बार सीने पर पत्थर रख कर अपने कर्तव्य पर अडिग रहने का ही फ़ैसला किया। आख़िर वह खरा माल भी तो देते थे, और फिर एक-एक बूँद से ही तो घड़ा भरता है। अगर अपना लाभ छोड़ने लगे तो कहाँ का वैश्य धर्म और कहाँ का अपने पूर्वजों से अधिक धन अर्जित कर संसार से विदा लेने का लक्ष्य।

राघव बाबू बीस साल से बेनी बाबू की उपलब्धियों के चश्मदीद गवाह थे। एक छोटी, पतली सी दुकान से उठकर वह मोटी रकमों के बल पर पड़ोस की तीन बड़ी दुकानों में फैल चुके थे। गद्दी से उठकर वे अब कुर्सी पर बैठते थे और सामने शीशे की मेज़ पर रखे टेलीफ़ोनों की क़तार में से एक न एक पर निरन्तर वार्ता करते रहते थे। आसपास दो मुंशी हाज़िर रहते और अधिकतर वे ही ग्राहकों को सँभालते थे। राघव बाबू उन्हें दोस्त समझकर उनकी तरक्क़ी में ख़ुश तो अवश्य होते थे, परन्तु कुछ अचम्भित भी होते थे कि आख़िर लाभ इतना अधिक, इतना बेलगाम भी कैसे हो सकता है? हर साल सरकारी बजट पेश करते समय सारे वित्त मन्त्री अलग-अलग प्रकार के टैक्स लगाते थे जिससे पैसे वालों का धन खींच कर गरीबों की ओर सरकाया जा सके। परन्तु बेनी बाबू पर इन टैक्सों का असर दिखना तो दूर बल्कि उनकी आर्थिक सेहत में इज़ाफ़ा ही होता दिखता था।

कुछ अन्तराल के बाद राघव बाबू को एक नयी घास काटने की मशीन की आवश्यकता हुई तो उन्होंने बेनी बाबू की दुकान की राह पकड़ी। पिछले दस साल में वे दो मशीनें पहले ही ले चुके थे।

उन्होंने सुना था कि दुकानदार ग्राहक से बिक्री कर तो वसूल लेते हैं परन्तु उसे सरकारी खाते से गोल कर जाते हैं। पेंशनयाफ़्ता राघव बाबू ने ठानी कि इस दाँवपेंच का लाभ उन्हें भी मिलना चाहिए और पुराने ग्राहक की हैसियत से भी उनका कुछ तो हक़ बनता ही था।

आवभगत के पश्चात् बेनी बाबू ने कहा, "कहिए बाबूजी, कैसे तकलीफ़ की...?"

"पुराना लानमोअर अब चल नहीं पायेगा। सब मिस्त्रियों ने जबाब दे दिया। अब आपसे नया लेकर ही जाना पड़ेगा।"

"पाँच-छः साल तो हो ही गये होंगे," बेनी बाबू बोले—"अरे, अपनी लाइफ़ से बहुत आगे चल लिया। इस बार आपको एक बहुत उम्दा मशीन देंगे, आठ-दस साल की छुट्टी...।"

"कितने की होगी?" राघव बाबू ने पूछा।

"यही करीब उन्नीस, साढ़े उन्नीस की।"

"इसमें टैक्स कितना पड़ता है?" राघव बाबू ने पूछा।

बेनी बाबू ने उनकी ओर कुछ शक की निगाह से देखा। आज तक तो राघव बाबू ने कभी ऐसा सवाल नहीं किया था, हमेशा जो कच्चा बिल दिखाया उतना पैसा निकालकर दे देते थे। बेनी बाबू ने चौकस होकर कहा, "यही कोई डेढ़ सौ के लगभग। इस टैक्स ने तो बाबूजी मट्टी पलीत कर दी है। बस बढ़ता ही जाता है।"

"बढ़े चाहे घटे बेनी बाबू, इस बार टैक्स की रकम हमसे न लीजिएगा," राघव बाबू बोले।

"अरे इससे कहाँ छुटकारा है, बाबूजी। टैक्स वाले आँखें गड़ाए रहते है। एक गड़बड़ी मिली तो पेनाल्टी, और हथेली पर कुछ अलग से रखिए।"

"मगर आप से कहाँ पार पा सकते हैं। बहरहाल, ये सब आप जानिये। हमारा टैक्स एडजस्ट कीजिए।"

बेनी बाबू दुःखद शब्दों में बोले, "कर सकता तो क्या आपके लिए न करता? बड़ी मजबूरी है, राघव बाबू! आपको क्या-क्या बतायें?"

इतने में दुकान का नौकर मशीन लेकर आ गया और पूछने लगा, "बाबूजी रिक्शा रोक कर रखवा दूँ?"

राघव बाबू जवाब देते, तब तक मुनीम ने उन्हें बिल पकड़ा दिया। राघव बाबू ने ध्यान से देखा—बिल उन्नीस सौ इक्यावन रुपये पचास पैसे, जिसमें टैक्स एक सौ इक्यावन रुपये पचास पैसे था। एक क्षण के लिए राघव बाबू स्तब्ध हो गये, उनके बनिये मित्र ने उनकी बात न रखी। फिर अपने को सँभालते हुए उन्होंने जेब से पाँच सौ के चार नोट निकालकर बेनी बाबू के हवाले कर दिये, इस उम्मीद में कि शायद अब भी निराशा उनके हाथ न लगे। उधर बेनी बाबू ने मेज़ की दराज़ खोली, उसमें पाँच सौ के नोट रख कर एक पचास का नोट निकाला। इसे राघव बाबू की ओर बढ़ाते हुए वे हँसकर बोले, "अरे, आपके के लिए कुछ तो करना ही है।"

डेढ़ रुपये की छूट पाकर राघव बाबू अपने को अपमानित महसूस करने लगे। तुरन्त कुछ सोचकर इसका जवाब देने की ठानी। जेब में हाथ डाला और एक रुपये और पचास पैसे का एक-एक सिक्का हाथ में लिया। इन दोनों सिक्कों को उन्होंने उछालकर बेनी बाबू की मेज़ पर एक के बाद एक करके फेंका। सिक्के टन-टन करके शान्त हो गये। साथ ही राघव बाबू बोले, "आपका नुक़सान क्यों करूँ।"

धीरे से बेनी बाबू ने दोनों सिक्के उठाये और हाथ जोड़ कर कहा, "आपकी बड़ी कृपा है...।

राघव बाबू दुकान से नीचे उतरे और रिक्शे पर बैठ घर की ओर चले। उनके मन में अभी भी बात हारने की हलचल थी, परन्तु अपने को सान्त्वना दे रहे थे कि कम से कम उन्होंने बनिये को ज़लील तो कर ही दिया। ग्राहकों और नौकरों के समक्ष उन्होंने डेढ़ रुपया भिखारियों की तरह उसके मुँह पर मार दिया।

परन्तु रिक्शा आगे बढ़ा तो वे विचार करने लगे कि आख़िर ग़ुस्सा और ऐंठ दिखाकर उन्होंने क्या हासिल किया। दूसरी ओर निर्लज्ज परन्तु विनम्र दृढ़ता के सहारे बनिये ने एक सौ इक्यावन रुपये पचास पैसे का नुक़सान बचा लिया था। जैसे-जैसे रिक्शे का पहिया उनके घर की ओर घूमता जा रहा था उनकी उधेड़बुन बढ़ती जा रही थी, आख़िर इस वाकये में कौन हारा, कौन जीता...!

नजमा

साँवले रंग की, यौवन से भरपूर, दो छोटे बच्चों की माँ, हँसमुख और चंचल नजमा सबकी प्रिय थी और हर जगह अपने लिए स्थान बना लेती थी। निकाह तो उसका चौदह वर्ष की आयु में पढ़वा दिया गया था। किस्मत से दूल्हे मियाँ अच्छे मिले थे, न शराब न सिगरेट-पान; अच्छे कपड़े पहनने के शौक़ीन; देखने में, व्यवहार में आकर्षक। नौकरी एक जूते की दुकान पर करते थे। ज़्यादा तो नहीं मिलता था, मगर दो प्राणियों का काम चल जाता था। मियाँ जी का एक ही शौक़ था, और वह था शिकार, चिड़ियों का, हिरनों का, कभी-कभी मगरमच्छ और जंगली सूअर का। शौक़ ऐसा कि एक व्यसन बन चुका था। खुद तो बन्दूक़-कारतूस रखने की हैसियत थी नहीं, शिकार के शौक़ीन रईसज़ादों के आगे-पीछे लगे रहते थे। हर

प्रकार की बन्दूक़ और रायफल से परिचित थे, किसकी मार कितनी दूर की है, किस चिड़िया या जानवर के लिए किस नम्बर का कारतूस फ़िट बैठेगा। साथ ही असलहों की सफ़ाई और देख-भाल में भी माहिर थे। कूदकर तालाब से ज़ख़्मी चिड़िया को उठाना, उसको ज़िबह करना, हिरन की खाल उतारना, मांस काटना, पकाना, यह सब उनकी महारत में था और इसलिए हर शिकार-पार्टी उनको साथ ले चलने के लिए उत्सुक रहती थी। मियाँ भी ऐसे कि भनक लगते ही सब काम छोड़कर शिकार के लिए भाग लेते थे।

जाड़े का मौसम शुरू होते ही नजमा की फ़िक्रें बढ़ जाती थीं। पहाड़ों के उस पार से आते चिड़ियों के गोल काँव-काँव करते आसमान से गुज़रते तो आने वाली मुसीबतों का सोचकर उसका दिल मायूस होने लगता था। अब मियाँ जी शिकारियों को ढूँढ़ेंगे और शिकारी उन्हें। न काम से मतलब, न नौकरी खोने का डर। अब चले कि तब। दुकान-मालिक पहली बार चेतावनी देगा। दूसरी गैर-हाज़िरी के बाद छुट्टी कर देगा। कमाई से हाथ धो लेंगे। बनिया उधारी बन्द करेगा, बच्चे भुखमरी के कगार पर होंगे। केवल गोश्त से काम तो न चलेगा, रोटी, चावल, नोन, तेल भी तो चाहिए। आख़िर में नजमा घर-घर जायेगी, किसी के धान कूटेगी, किसी की रज़ाई में तागा डालेगी। बच्चे नंगे घूमेंगे, हर समय भूखे और कुम्हलाये। पिछले पाँच वर्ष और दो बच्चों के बाद भी हर जाड़े के मौसम की यही कहानी थी।

उसके शौहर नेक ज़रूर थे और उसे चाहते भी बहुत थे। मगर निकाह के समय से ही घर का ख़र्च नहीं जुटा पाये थे। आदतें भी ठीक थीं, सिर्फ़ काम लग कर नहीं कर पाते थे। रहने के नाम पर एक कोठरी थी, बाहर छप्पर डाल लिया था। किराया अदा करना भी मुश्किल होता था। आख़िरकार दूसरा बच्चा बड़ा होते ही नजमा ने फ़ैसला किया कि उसे स्वयं लगकर कोई काम करना होगा, नहीं तो गृहस्थी बिल्कुल ही टूट जायेगी। शौहर मियाँ ने ऐतराज़ नहीं किया, बेचारे करते भी कैसे। पढ़ी-लिखी तो वह थी नहीं इसलिए

मुहल्ले के खाते-पीते घरों में काम ढूँढ़ने के लिए चक्कर लगाने लगी। आख़िर में तीन घरों में झाड़-बुहार, चौका-बर्तन और खाना पकाने का काम मिल गया। मुहल्ले की औरतें उसकी मजबूरी से वाक़िफ़ थीं, तनख़्वाह ख़ूब गिरा कर तय करने में कामयाब रहीं। बहरहाल छोटे बच्चे के लिए एक पाव दूध और सबके लिए दो जून की रोटी तो मयस्सर होने ही लगी। कपड़ों के मामले में कांत-ब्योंत से काम चल रहा था। परेशानी तब होती थी जब या तो बच्चों को दवा की ज़रूरत पड़ जाये या कोई रिश्तेदार आ जाये। ऐसे समय में माँग-जाँच कर ही काम चल पाता था। मगर जब कभी रिश्तेदारों को एक प्याला चाय भी न पिला पाये तो बहुत शर्म महसूस होती थी। कोई बहाना बनाकर दिल पर पत्थर रख लेती थी।

दो बच्चों की माँ होने पर भी नजमा का रूप-रंग और यौवन पूरे शबाब पर था। मुहल्ले के आशिक़-मिजाज़ लोग तो उसे मुड़-मुड़कर देखते ही थे, अब जिन घरों में वह काम करने जाती थी वहाँ के मर्दों की निगाहें भी उसी पर टिकी रहती थीं। कई तो हमेशा छूने-छाने के लिए ज़बरदस्ती भिड़ जाते थे। कभी ख़ाली सड़क पर मिल जाते तो धीरे से कान में कह देते—'नजमा, किसी चीज़ की ज़रूरत हो तो बता देना, शर्माना नहीं।' नजमा सोचती कि उसके चारों ओर तो ज़रूरतें ही भरी पड़ी थीं क्या वे नहीं जानते? लेकिन अगर वह माँगने लगे तो उस दशा में केवल सौदा ही होगा। बहरहाल बड़े जतन से वह अपने को बचा पाती थी, फिर भी मर्दों की हवस भरी निगाहों से वह तंग आ चुकी थी।

इसी समय मुहल्ले में तेज़ चर्चा चली कि 'चिकन' की कढ़ाई के लिए लखनऊ की एक संस्था औरतों को बड़ा अच्छा पैसा दे रही थी। मुहल्ले की ही कुछ महिलाओं ने बाहर वालों से सम्पर्क साधा और एक दिन इस संस्था की दो कार्यकर्त्रियाँ वहाँ पहुँच गयीं। नजमा ने भी नमूना बनाकर दिखाने के लिए काम ले लिया। पड़ोस की जानकार औरतों के पास जाकर उसने कढ़ाई सीखी और रात-रात भर जागकर काम पूरा किया। अगली बार जब वह कार्यकर्त्रियाँ

आयीं तो नमूने के आधार पर नजमा का चयन हो गया। उसे एक साड़ी कढ़ाई के लिए दी गयी।

"आपा! इस काम के लिए पेमेंट क्या मिलेगा?" नजमा ने पूछा।

"भई, यह तो आपके काम के ऊपर है। काम साफ़ और गझिन है तो पैसा अच्छा मिलेगा...।" एक कार्यकर्त्री बोली।

"फिर भी, कोई अन्दाज़ा...," नजमा ने कहा।

दूसरी कार्यकर्त्री बोली, "अब महीने में जितना काम कर लो, उसी के हिसाब से पेमेंट होगा। वैसे आप लोगों ने सुना होगा कि लखनऊ में इस कढ़ाई में माहिर खवातीन 1800-2000 रुपये महीने तक पीट लेती हैं....।"

नजमा की आँखों में चमक आ गयी अगर इसका आधा भी कमा सकी तो बहुत सी मुश्किलें हल हो जायेंगी। उसने काम ले लिया। दिन में घरों में काम करना जारी रखा और रातें कढ़ाई के काम में कटने लगीं। महीने के बाद हिसाब हुआ तो उसकी चौका बर्तन की कमाई से यह कमाई थोड़ा ही अधिक थी। उसनें सोचा कि फिर भी यह काम घर-घर की फ़ज़ीहतों और पराये मर्दों की छेड़-छाड़ से तो बेहतर ही था। आख़िर उसने घरों का काम छोड़ दिया। मालिकान बहुत नाराज़ हुए। मालकिनें तो एक मेहनत-कश, सफ़ाई से काम करने वाली नौकरानी से हाथ धो बैठीं, और मालिक लोग अपनी तफ़री और उसको हासिल करने की उम्मीद से। नजमा को लगा कि वक़्त-ज़रूरत पर भी इन घरों के दरवाज़े उसके लिए बन्द ही रहेंगे।

शुरू में तो नजमा दिन और रात दोनों समय कढ़ाई करने में जुटी रहती थी। परन्तु कम रोशनी की वजह से सिर-दर्द होने लगा और उसे रात का काम बन्द करना पड़ा। कमाई सिमट कर आधी रह गयी। एक और परेशानी शुरू हो गयी। काम वापस लेने के लिए अब एक ही महिला आती थी। पैसे के मामले में कह देती थी—"आपा आती ही होंगी, पेमेंट तो वही करती हैं।" मगर आपा हफ़्तों गायब रहती थीं और इधर खाने के लाले पड़ जाते थे। नजमा को लगा कि चाहे घरों के मालिकान हों, चाहे यह स्वयंसेवी

संस्थाएँ—सभी गरीब के मुँह से खाना छीनते थे। उसको यह भी पता चला कि लखनऊ की संस्था के दावे खोखले और कामकाजी औरतों को गुमराह करने के लिए थे। असलियत तो यह थी कि बिचौलियों को कार्यकर्त्री के रूप में दर्शाया जाता था। कई औरतों का काम एक महिला के नाम पर दिखाकर उसकी आमदनी हज़ारों में दिखाई जाती थी। असल काम करने वाली खवातीन तो भुखमरी के कगार पर ही रहती थीं। यह सब सोच कर नजमा बहुत मायूस हुई, मगर बिचौलियों की मिन्नतें करने और उनकी मनमानी सहने के अलावा कोई रास्ता नज़र नहीं आता था।

नजमा के मुहल्ले से थोड़ी दूर पर एक हाट लगता था। कम आमदनी वाले लोगों की ज़रूरी ख़रीददारी यहीं से होती थी। नजमा भी वहीं से सस्ती सब्ज़ियाँ तलाश कर लाती थी। एक दिन वह बाज़ार की गश्त लगाने के बाद एक चबूतरे पर बैठी सोच रही थी कि आख़िर क्या ख़रीदे, हर चीज़ के दाम तो आसमान छू रहे थे। इतने में एक अन्य महिला उसी के पास आकर बैठ गयी। उसका भरा झोला देखकर नजमा अलग-अलग सब्ज़ियों के दाम पूछने लगी। बातें आगे बढ़ीं और एक-दो हफ़्तों और दो-चार मुलाक़ातों के बाद परिवारों और अपनी मजबूरियों का ज़िक्र भी होने लगा।

शकुन्तला लगभग चालीस वर्ष की थीं परन्तु लगती पचपन की थीं। रंग-रूप से तो बेचारी गयी-गुज़री थीं ही, यौवन के साथ-साथ उनके सिर के बाल भी उनका साथ छोड़ चुके थे। विवाह के दो साल बाद उनके पति-देव भी उन्हें किराये की कोठरी में एक पुत्र के साथ छोड़ कर चल दिये थे। शकुन्तला तो उनके बारे में मौन रहती थी परन्तु बाद में नजमा को पता चला कि वे अपनी छोटी साली के साथ फ़रार हुए थे। बहरहाल शकुन्तला मृदुभाषी थी और भाग्य के कठोर आघातों ने उसको चिड़चिड़ी और ग़ुस्सैल बनाने के बजाय दूसरे के प्रति सूक्ष्म संवेदनशीलता से भर दिया था। इन मुलाक़ातों में वह नजमा की परेशानियाँ समझ चुकी थीं और उसकी सहायता के लिए मन बना चुकी थीं।

"इससे तो अच्छा है तुम मेरे साथ काम करो", शकुन्तला ने एक दिन नजमा से कहा। शकुन्तला ने विस्तार से बताया कि वह स्वयं दर-दर की ठोकरें खाने के बाद सिविल-लाइन्स के एक बँगले में पहुँची जहाँ एक वृद्ध महिला ज़रूरतमन्द औरतों के लिए काम की व्यवस्था करती थीं। पढ़ी-लिखी लड़कियों को प्रेरित कर उन्होंने कई गाँव में प्राइमरी शिक्षा के लिए छोटे-छोटे स्कूल खुलवा दिये थे। थोड़ी बहुत सामान की मदद भी उनको दी थी, जैसे एक कुर्सी, मेज़ और एक ब्लैक-बोर्ड। बच्चों को कैसे पढ़ाया जाये यह शिक्षा वे पन्द्रह दिन की ट्रेनिंग में स्वयं देती थीं। मार्ग-दर्शन उनका, मेहनत लड़कियों की। सभी शिक्षा-संस्थान 25-30 छोटे बच्चों तक सीमित थे, बच्चों के अभिभावक मात्र दस रुपये प्रति बालक-बालिका के हिसाब से देते थे। अध्यापिका को घर बैठे तीन सौ रुपये की आमदनी, पुण्य का काम और सामाजिक प्रतिष्ठा, और बच्चों को अक्षर-ज्ञान, थोड़ा गणित और अनुशासन एवं स्वच्छता से रहने की प्रेरणा—सभी को लाभ था। अशिक्षित महिलाओं के लिए कढ़ाई का काम था।

"यह कढ़ाई चिकन से फ़र्क़ है, नाम है इसका 'सुजनी', शकुन्तला ने समझाया। बड़ी दीदी कहती हैं कि यह कढ़ाई उत्तर प्रदेश के पूर्वांचल में ही उपजी और पूरब की ओर जाकर बंगाल में कांथा कहलाने लगी। परन्तु अपने मूल रूप में 'सुजनी' बहुत सुन्दर है।"

"क्या मुझे काम मिल जायेगा?" नजमा ने अपनी चिन्ता ज़ाहिर की।

"काम तो बड़ी दीदी देती हैं। मैं उनके बताये तरीके से नयी डिज़ाइन बनाती हूँ, फिर उसे धागों से रंग भर कर दीदी से पास कराती हूँ। हाँ, जो औरतें नहीं जानतीं उनको मैं सिखाती भी हूँ।"

"तब तो आप मुझे काम दिलवा ही सकती हैं," नजमा ने कहा। "मगर पैसा कितना मिलेगा? आप तो मेरी हालत जानती ही हैं।"

"जितनी मेहनत तुम यहाँ करती हो, उतने पर चार से छः सौ तो कमा ही लोगी। और दीदी पेमेंट तुरन्त करती हैं, इधर तुमने काम सौंपा, उधर नकद मिला।"

अगले दिन नजमा 'सुजनी सेंटर' पहुँच गयी। शकुन्तला ने उसे कढ़ाई के गुर बतलाये और एक छोटा नमूना तैयार करने को कहा। शाम के समय नमूना बड़ी दीदी को दिखाया गया। कढ़ाई की समरसता, गछिनता और सफ़ाई देखते ही वे समझ गयीं कि एक बहुत कुशल कारीगर उनके सामने खड़ी थी। शकुन्तला ने नजमा के बारे में उन्हें सब कुछ बता दिया। मगर उसकी तनावग्रसित आभा और मांस-रहित हड्डियाँ उसकी मजबूरियाँ स्वयं भी बयान कर रही थीं। विचार करने के बाद बड़ी दीदी ने नजमा को छोटे-छोटे कई काम दिये—जैसे तकियों और गद्दियों के गिलाफ़ आदि। यह इस कारण से कि काम जल्द पूरा हो और उसे पेमेंट तुरन्त मिलने लगे। बड़ी दीदी किसी को दान नहीं देती थीं, केवल ज़रूरतमन्दों को स्वावलम्बी बनने में मदद करती थीं। बिल्कुल उस कहावत की तरह कि मछली दान देने के बजाय मछली पकड़ना सिखाना बेहतर है।

नजमा मेहनती तो थी ही, 'सुजनी सेंटर' का हर्ष और सहानुभूति भरा वातावरण उसे रास आया और वह पूरे जोश से काम में लग गयी। कुछ ही समय में वह सबसे तेज़ और सबसे कुशल कारीगर बन गयी। स्पेशल काम उसी को दिये जाने लगे। उसकी कमाई बढ़ने लगी। काम का पेमेंट तुरन्त मिल जाने से उसकी गृहस्थी ठीक से चलने लगी। उसका चेहरा भी भर रहा था, हड्डियों पर मांस चढ़ रहा था, और हँसी भी तेज़ हो चली थी। लगभग छः माह के बाद एक दिन नजमा ने बड़ी दीदी से कहा, "दीदी, अब आप मेरा हिसाब महीने-महीने ही किया करें, खर्चे का हिसाब ठीक रहेगा।"

बड़ी दीदी को आश्चर्य हुआ कि इस औरत ने अपनी आर्थिक व्यवस्था इतनी सुनियोजित कैसे कर ली। वे प्रसन्न भी बहुत हुईं। नजमा की कार्य-कुशलता, उसका आकर्षक व्यक्तित्व, उसकी हँसी और सबसे मेल-मिलाप, इन कारणों से बड़ी दीदी वैसे भी नजमा को बहुत मानती थीं, और अब उसका लाचारी से स्वावलम्ब और आत्मविश्वास तक का सफ़र बड़ी दीदी को उनके अपने कार्य के महत्त्व और उसकी सफलता के प्रति और भी आश्वस्त करने लगा

था। अपने मिलने वालों के बीच जब भी 'सुजनी सेंटर' की चर्चा होती तो वे नजमा का ज़िक्र ज़रूर बीच में ले आती थीं। असल में वे नजमा को महिला स्वावलम्बन के आदर्श के रूप में प्रस्तुत करती थीं, और उसे अपने जीवन के संघर्षों के विषय में अन्य महिलाओं को बताने के लिए प्रेरित करती थीं।

एक दिन कुछ सम्भ्रान्त महिलाएँ 'सुजनी सेंटर' देखने व ख़रीददारी करने आयीं। प्रथा के अनुसार अन्त में उन्हें बिठाकर चाय प्रस्तुत की गयी। बातों-बातों में किसी ने बड़ी दीदी से कहा, "मैडम, हम सब जानते हैं कि आपने यह काम आर्थिक लाभ के लिए नहीं किया...फिर भी...आपकी प्रेरणा का स्रोत क्या है? केवल एक प्रकार का दान...?"

बड़ी दीदी गम्भीरता से उत्तर पर विचार करने लगीं। एकदम से उनका चेहरा खिल उठा और उन्होंने कहा, "इसका जवाब मेरे यहाँ काम करने वाली एक महिला आपको देगी।"

नजमा को बुलाकर साथ कुर्सी पर बैठाया गया, उसका संकोच दूर करने के लिए उसे भी मेहमानों की तरह चाय पेश की गयी। धीरे-धीरे नजमा ने अपनी जीवन-कथा बताना शुरू किया...छोटी उम्र में निकाह, बच्चे, मियाँ जी का मृदुल स्वभाव एक तरफ़ और गृहस्थी के प्रति बेफ़िक्री दूसरी तरफ़, आर्थिक तंगी और दरिद्रता, घर-घर काम ढूँढ़ना, मालकिनों के ताने सुनना और मालिकों की छेड़-छाड़ से बचना, चिकन की कढ़ाई में रात-दिन एक करना, हर समय, हर ओर शोषण ही शोषण चाहे पति के रूप में चाहे मालिकों के रूप में, और अन्त में बड़ी दीदी की शरण में आना और पहली बार सर उठाकर जीने का आभास होना।

सब महिलाएँ स्तब्ध होकर नजमा की जीवन-कथा सुन रही थीं वास्तव में उसके मुख से समाज के अधिकांश घरों की व्यथा उजागर हो रही थी। उसके संघर्षों का कोई न कोई अंश वहाँ बैठी प्रत्येक महिला शायद स्वयं भी झेल चुकी थी। इसलिए किसी भी पहलू पर प्रश्न करने की आवश्यकता किसी को नहीं थी। परन्तु बड़ी दीदी

उसके जीवन के एक ख़ास पहलू को अवश्य उजागर करना चाहती थीं। इसलिए उन्होंने कहा, "नजमा, इनको मुहल्ले वालों की बातें भी बतलाओ।"

नजमा ने शर्माते हुए बोलना शुरू किया। मैंने जब मुहल्ले के घरों में चौका-बर्तन वग़ैरह का काम छोड़ा तो मालिकान नाराज़ हो गये थे। अब वे ताना मारने लगे—'अरे अब तो आफ़िस का ज़माना है, घर का काम क्या रास आयेगा।' कोई और कहता—'देखो, कुछ मर्द कितने ख़ुश-क़िस्मत हैं, बीवी कमाये और ख़ुद ऐश करें।' और क्योंकि काम पर जाने के लिए मुझे ढंग के कपड़े-जूते पहनने होते थे तो एक साहब बोले, 'बच्चे तो नंगे घूमते हैं, मगर आजकल की मोहतरमाओं को अपनी फ़ैशन से ही फ़ुरसत कहाँ....?' वग़ैरह-वग़ैरह। ऐसी तानाकशी से बचने के लिए मैं नक़ाब पहनने लगी, मगर मर्द लोग फिर भी पहचान लेते और फ़ब्तियाँ कसने से बाज़ नहीं आते थे। मन ही मन मैं कुढ़ती थी और अल्लाह से मनाती थी कि वह मुझे जवाब देने के क़ाबिल करें।

आख़िर वह दिन आ ही गया। जब पूरे महीने की कमाई मैंने एकमुश्त ली तो मैं बेहद ख़ुश थी। इतना सारा पैसा एक वक़्त में कभी मेरे हाथ नहीं लगा था। रास्ते में मैंने बच्चों के लिए मूँगफली ख़रीदी, दो केले भी ले लिए। पर पहुँचते ही दोनों बच्चे अपना हिस्सा लेकर मेरी गोद में बैठकर मेरा मुँह देखने लगे। इतने में छोटा-मोटा सामान बेचने वाला एक बिसातिया साइकिल पर आता दिखा। मैंने ज़ोर से उसे पुकारा "अरे भाई, ज़रा इधर भी आना...।" मेरी आवाज़ सुनकर घरों के बाहर बैठे आदमी-औरत मुझे घूरने लगे। यह पहला मौक़ा था जब मैंने किसी सामान बेचने वाले को पुकारने की हिम्मत की हो। उसके करीब आते ही मैंने कहा, "बच्चों की चड्डी-बनियान तो दिखाना।"

अब मुहल्ले के लोग और भी ध्यान से देखने लगे। मैंने बच्चों को एक-एक चड्डी-बनियान पहनवाई और बेचने वाले को रुपये दिये। पता नहीं मेरे दिल में क्या आया कि जैसे ही वह कुछ दूर

गया मैंने फिर चिल्लाकर कहा, "ऐ भाई, एक-एक चड्डी-बनियान और देते जाओ। बच्चे कपड़े बदलेंगे भी तो।"

मुहल्ले के सब लोग मुँह बाये मेरी तरफ़ देख रहे थे। इतने में एक आइसक्रीम वाला अपना ठेला ढकेलते उधर आ पहुँचा। मैंने उसे भी पुकारा और अपनी ख़रीद की पहली आइसक्रीम बच्चों के हाथों में थमाई। एक अजीब तरह की ख़ुशी, एक अजीब सा नशा मेरे ऊपर था। आज मैं दीन-हीन नहीं थी, मेरे पास भी एक ताक़त थी। हालाँकि बहुत छोटी सी ताक़त—थोड़े से पैसों की ताक़त। माँगी-जाँची शर्मसार करने वाली नहीं, बल्कि अपनी कमाई की ताक़त, जिससे सिर ऊँचा करके मैं सबके सामने खड़ी हो सकती थी। मैं बेचारी नहीं थी, किसी को मेरे ऊपर तरस खाने की ज़रूरत नहीं थी। मेरा शौहर कमाऊ मर्द न हो, मुझे कोई शिकायत नहीं क्योंकि वह नेक है और मुझे चाहता है। पैसे की कमी मैं पूरा कर सकती हूँ, मेहनत से और इज़्ज़त से। आख़िर अल्लाह ने मेरी सुनी और मुझे बड़ी दीदी के दरवाज़े भेजा। आज मुझमें जोश है, इज़्ज़त से ज़िन्दगी जीने की हिम्मत है।

सुनने वाली महिलाओं की आँखें नम थीं। उन्होंने उठकर नजमा को गले लगाया और उसकी पीठ ठोंकी। किसी को कुछ कहने की आवश्यकता नहीं थी।

आख़िर में नजमा बोली, "लोग कहते हैं कि जिसका कोई नहीं होता उसका ख़ुदा होता है...आज मैं फ़ख्र से कहती हूँ, हमारे लिए हमारी बड़ी दीदी हैं। ख़ुदा हाफिज़।"

दो अंडे

बाबू रामनारायन अंग्रेज़ों के ज़माने के जेलर थे। नौकरी शुरू होते ही वे समझ गये थे कि गोरे साहब लोगों को शैक्षिक क़ाबिलियत आदि से ज़्यादा सरोकार नहीं था, उनके संज्ञान में वफ़ादारी और हुक्मबरदारी ही सबसे बड़ी योग्यता थी। अतः नौकरी के पहले ही दिन से उन्होंने इस दिशा में कोई कोताही नहीं बरती। साथ ही साथ सिपहसालारी और ख़ामोश चापलूसी में भी महारत हासिल कर ली थी।

यह ज़रूर था कि उनके एक चाचा बीसवीं सदी के आरम्भ में जब अंग्रेज़ों का राज्य अपने चरम पर था एक पुलिस दारोगा के ओहदे पर तैनात थे। उन्हीं की सिफ़ारिश पर रामनारायन को जेल वार्डन की नौकरी मिली थी। इस नियुक्ति की सबसे पहली उपलब्धि

उनके लिए यह हुई कि वह आजीवन रामू या रमुआ कहलाने से बच गये। एक मिडिल पास युवक जिसको लोग मन्द-बुद्धि तक कह देते थे, और जो कभी भी अपने विवेक से कुछ भी कर पाने में असमर्थ रहता था, अब परिवार में भी अपने पूरे नाम–रामनारायन–से ही सम्बोधित किया जाने लगा था। और जैसे-जैसे नौकरी में तरक्की मिली, समाज में भी प्रतिष्ठा बढ़ती गयी, यानी, हवलदार बनते ही अब वे बाबू रामनारायन हो गये थे।

अंग्रेज़ अफ़सर उनके लिए देवता समान थे। वे स्वयं तो वैसे नहीं बन सकते थे परन्तु उनके आचरण, चाल-ढाल, पोशाक आदि को अपनाने की कोशिश तो कर ही सकते थे। अतः हमेशा क़लफ़दार, इस्त्री की हुई चमकदार वर्दी और लाल साफ़े से लैस रामनारायन अफ़सरों की नज़र में आने लगे। आला अफ़सरों के आने पर उनको आगे रखा जाता था जिससे धीरे-धीरे वे सबकी नज़र में एक अच्छे वार्डन, फिर एक क़ाबिल हवलदार के रूप में माने जाने लगे। इसके अतिरिक्त उनको कैदियों को अनुशासन में रखने का भार दिया गया था। अंग्रेज़ साहब लोग उनके अनुशासन के कायल थे क्योंकि वे छोटी सी अवहेलना की सज़ा सख़्त देते थे। इस प्रवृत्ति की दिशा में रामनारायन ने अपने को और भी ख़ौफ़नाक साबित कर दिया था। जिस क़ैदी ने सिर उठाया या आदेशों की अनदेखी की, उसकी शामत आनी लाज़मी थी। बड़े से बड़े ख़ूँख़ार कैदी रामनारायन की परछाईं से घबराते थे। अंग्रेज़ अफ़सर उनके मौन प्रशंसक थे और जिस जेल में अनुशासनहीनता प्रतीत होती थी वहाँ रामनारायन की तैनाती तुरन्त कर दी जाती थी।

समय बीतता गया। अंग्रेज़ों के प्रति रामनारायन की वफ़ादारी बढ़ती गयी और वे डिप्टी जेलर बना दिये गये। आला अफ़सरों ख़ासतौर से अंग्रेज़ सुपरिंटेंडेंट की हुक्मबरदारी और चापलूसी और भी रंग लायी। वे जेलर बनकर बरेली जैसी बड़ी और मशहूर जेल के सर्वे-सर्वा हो गये। उसी समय सुल्ताना डाकू पकड़ा गया। कई अन्य जेलों से फ़रार हो जाने में सफल रहने वाला यह कुख्यात दस्यु अन्त

में रामनारायन के हवाले किया गया। जिस दिन अंग्रेज़ अफ़सरों ने हथकड़ियों और बेड़ियों से लैस सुल्ताना डाकू का रामनारायन जेलर के सामने हाथ जोड़े खड़े मुद्रा में फ़ोटो देखा, उसी दिन रामनारायन को राय साहब की उपाधि से नवाज़ने के लिए काग़जात वायसराय महोदय को भेज दिये गये।

रिटायरमेंट करीब आ रहा था। रामनारायन ने अपने शहर में अपने पैतृक निवास के पास ही ज़मीन ख़रीदी और उस स्थान पर एक आलीशान मकान बनवाया, जिसकी ख़ासियत थी बेडरूम से संलग्न बाथरूम, जैसा कि अंग्रेज़ साहिबान के बँगलों में हुआ करता था। यह अलग बात है कि अंग्रेज़ साहब के मकान पर मैला हटाने के लिए चौबीस घंटे एक जमादार हाज़िर रहता था। इस घर में वह दिन में एक ही बार आयेगा। परन्तु इस समस्या पर उनका ध्यान इस समय नहीं गया। अभी तो वे बड़े साहब की तरह जीवन व्यतीत करने की अभिलाषा की पूर्ति में लगे थे। घर से लगभग एक मील की दूरी पर उन्होंने एक बाग़ भी ख़रीदा और उठने-बैठने के लिए एक कमरा बनवाया। क्या पता कब एकान्त की आवश्यकता पड़ जाये। और अन्त में उन्होंने इंग्लैण्ड वापस लौटते एक अंग्रेज़ साहब से उनकी पुरानी परन्तु चमचमाती हुई शेवरलेट कार भी ख़रीद ली। मोटर गाड़ी नये घर के गैरेज में बन्द कर दी गयी क्योंकि अवकाश-प्राप्ति के दो महीने बाक़ी थे और अंग्रेज़ों के सामने निजी कार पर चढ़ना गुस्ताख़ी में शामिल हो सकता था।

नौकरी से घर लौटते ही सबसे पहले उन्होने संगमरमर के चौकोर पत्थर पर अपना नाम व परिचय खुदवाया और उसको गेट पर जड़वा दिया। उस पर लिखा था :

राय साहब
बाबू रामनारायन लाल
रिटायर्ड जेलर

धीरे-धीरे लोग उनका नाम तो भूलते गये और वे जेलर साहब ही कहलाने लगे। इस सम्बोधन से वे सन्तुष्ट थे क्योंकि यह उनकी

ऊँची हैसियत से उन्हें आश्वस्त रखता था। बाहर से देखने पर तो जेलर साहब एक आलीशान जीवन व्यतीत करते प्रतीत होते थे परन्तु अन्दर ही अन्दर वे बड़ा अकेलापन महसूस करते थे। इसका प्रमुख कारण था उनका सन्तान विहीन होना। अथक प्रयासों के बावजूद, तमाम आयुर्वेदिक और यूनानी इलाजों के अलावा अनेकानेक पौष्टिक भस्मों के सेवन करने पर भी, उनकी पत्नी गर्भवती न हो पायीं। चालीस वर्ष की आयु तक निराशा ही हाथ लगने पर श्रीमती जी ने यथार्थ को समझा और उसे स्वीकारा। इसको दैवी इच्छा मानकर उन्होंने सन्तान की सम्भावना के विषय में सोचना ही बन्द कर दिया। घर-गृहस्थी, नातेदारी-रिश्तेदारी में ही उनका समय कटने लगा। उनकी आर्यसमाजी सोच में स्त्री-पुरुष के सम्बन्ध मात्र एक ही अभिप्राय के लिए अनुमेय थे। और, यदि वह लक्ष्य ही असाध्य हो तो वे अनावश्यक थे। अतः उन्हें वैवाहिक क्रिया-कलापों से विरक्ति होने लगी। उनकी अरुचि जेलर साहब भी महसूस करने लगे जिससे उन्हें दुःख भी हुआ और कुंठा भी। उनकी मानसिकता में स्त्री का घर-गृहस्थी में लीन रहना तो ठीक था, परन्तु वैवाहिक जीवन केवल खान-पान, बच्चों, रिश्तेदारों के लिए तो नहीं था, इसका ख़ास मक़सद तो पुरुष की ख़ास ज़रूरतों को पूरा करना था। परन्तु एक दयालु, मृदुभाषी, अच्छे कमाऊ पति के साथ सारे भौतिक सुख प्राप्त करने पर स्त्रियाँ इसी परम तथ्य को सबसे पहले नज़रअन्दाज़ करने लगती हैं। जेलरनी भी ऐसा ही कर रही थीं। उनका सौभाग्य था कि जेलर साहब वर्दी पहनकर शेर अवश्य हो जाते थे परन्तु तहमद और आधी बाँहों की बनियान में वापिस आते ही चूहा बन जाते थे। घर में, परिवार में, जेलरनी की ही चलती थी। मजाल थी जो जेलर साहब कभी मनमानी कर पाते।

इन परिस्थितियों में जेलर साहब का ताकना-झाँकना कुछ ज़्यादा बढ़ रहा था। और कोई नहीं तो जवान भंगिन के आते ही आँगन में आ खड़े होते और मुस्कराते हुए उसे घूरते रहते थे। आख़िर जेलरनी को एक दिन उसकी माँ को बुलाना ही पड़ा।

"देख री भगौतिया," जेलरनी ने ऊँची आवाज़ में कहा, "काम तो तुझे दिया था री, छोकरी को क्यों भेजती है? कमबख़्त उल्टा सीधा किया करती है। अगर नौकरी चाहिए तो कल से खुद काम पर आना।"

दूसरे दिन एक युवा, हँसती, मुस्कराती फ़ुर्तीली लड़की की जगह अधेड़ उम्र की सूखी-साखी जमादारनी को देखकर जेलर साहब माजरा भाँप गये, परन्तु मलाल के सिवा कर भी क्या सकते थे? कुछ समय बाद जेलर साहब के बाल काटने के लिए नाई बुलाया गया। आँगन में जाड़ों की धूप का आनन्द लेते जेलर साहब ने बाल बनवाये, दाढ़ी साफ़ करवाई और फिर उनके सिर की मालिश-चम्पी शुरू हुई।

एकाएक नाई बोला, "हुजूर! यह दो-चार सफ़ेद बाल। तोबा, तोबा। इजाज़त हो तो निकाल दूँ?"

इसके पहले कि जेलर साहब कुछ कह पाते, पास में खरहरी चारपाई पर बैठी जेलरनी बोल पड़ीं, "चुप बे नउऐ! ख़बरदार ऐसी बातें कीं। अपना काम कर और निकल यहाँ से...कमबख़्त कहीं का...।"

नाई ने जल्दी-जल्दी बालों को सँवारा और खिसक लिया। जेलरनी भुनभुनाती हुई रसोई में पहुँचीं। महराजिन के पूछने पर बोल पड़ीं, "ऐसे ही क्या कम मुसीबत है? काले बाल लौट आये तो न जाने क्या करेंगे?"

बूढ़ी महराजिन ने सान्त्वना देते हुए कहा, "सब मरद ऐसे ही होते हैं, बहू जी। उमर का खयाल नहीं। जैसे-जैसे बुढ़ात हैं और मस्ताने लागत हैं।"

जेलरनी ने अपनी नज़र और तेज़ की। नौकरों से भी पूछताछ करने लगीं कि घर के बाहर जेलर साहब कहाँ-कहाँ जाते थे और किस-किस से मिलते थे। परन्तु पुरुष के विषय में जो ध्यान देने योग्य बात थी उस ओर उनकी सोच नहीं गयी। शारीरिक सम्बन्धों के विषय में वे अपना निर्णय कर चुकी थीं और क्योंकि उनकी दृष्टि में यह धर्मानुकूल आचरण था इसलिए उसका पालन दोनों के लिए सही और वांछनीय था। अगर वे अपनी जगह स्थिर रहीं तो

आगे-पीछे पतिदेव भी लाइन पर आ ही जायेंगे। कितने और घरेलू मामलों में उनका यही तजुरबा रहा था। जेलर साहब ना-नुकुर तो करते थे परन्तु अन्त में उन्हीं की इच्छा से चलते थे।

परन्तु इस मामले में जेलर साहब कुछ अधिक ही कुंठा-ग्रस्त थे। जीवन में, रोज़ की दिनचर्या में, एक अजीब शून्य सा लगता था, मानो जैसे सब कुछ एक ड्यूटी ही हो, एक क्षण भी मौज-मस्ती के लिए न हो। कई बार उन्होंने रस्सी तुड़ाकर आज़ादी का आनन्द लेने का सोचा, कल्पना में भिन्न-भिन्न युवतियों को निहारा, उनसे निकटता का आनन्द लिया। परन्तु यथार्थ में वे संकोच ही करते रह जाते थे। और वह भी इसलिए नहीं कि किसी प्रकार की नैतिकता या धार्मिक पाबन्दी उन्हें रोकती हो, वरन इसलिए कि वास्तव में वे इन मामलों में बहुत डरपोक व्यक्ति थे, बदनामी के डर से घबराकर आख़िर में नेक रास्ते पर ही टिके रहते थे। जेलरनी को उनकी कायरता का एहसास था और इसीलिए वे उन पर हावी रहती थीं। फिर भी वे उन्हें ज़रूरत से ज़्यादा छूट देना नहीं चाहती थीं।

अवकाश-प्राप्ति के बाद जेलर साहब ने अपनी दिनचर्या नियत कर ली थी। सुबह उठकर शौच आदि के बाद बाग तक टहलने जाना, लौटते समय अपने भाई की कोठी पर हाज़िरी देकर सबकी ख़ैर-ख़बर लेना। घर आकर ड्राइवर को तबियत के मुताबिक़ गोश्त, गुरदा या कलेजी लेने भेजना, उसके लौटने पर पकाने की विधि स्पष्ट करना—जैसे भुना हुआ या कोरमा आदि। मांस खाने के वे बचपन से शौकीन थे और वलीमे की दावतों से तो उन्हें जिन्नात भी नहीं रोक सकते थे। उनके इस शौक से जेलरनी बहुत चिढ़ती थीं। उनकी आर्यसमाजी परवरिश इस मांसाहारी प्रवृत्ति को बर्दाश्त नहीं कर पाती थी। मगर बेचारी लाचार थीं—शादी के समय ही तय हो गया था कि दूल्हा मांस खाना नहीं छोड़ेगा, परन्तु अपनी दुल्हन को भी खाने-पकाने के लिए मजबूर नहीं करेगा। अन्त में जेलरनी ने ही अपनी सुविधा क़े अनुसार अपना रास्ता निकाल लिया। पहले तो यह कि मांस घर के बाहरी हिस्से में बनेगा, दूसरा यह कि जेलर साहब

के लिए एक अलग मेज़-कुर्सी घर की नाली के पास लगाई जायेगी जहाँ वह अपने प्रिय भोजन का सेवन एकान्त में करेंगे, तीसरे यह कि मांस केवल दोपहर के भोजन में शामिल होगा, जिससे रात आने तक मुँह क्या, पसीने तक से बू न आ सके। और अब अवकाश प्राप्ति के बाद जेलरनी ने सोचा कि उन्हें कोई काम-काज तो था नहीं, तो ग़िज़ा की भी उतनी आवश्यकता नहीं होनी चाहिए। अतः उन्होंने रोज़ाना की गोश्त की मिक़दार एक पाव से घटाकर एक छटाँक कर दी। जेलर साहब ने एक-दो दिन तो मुँह बनाया, फिर इतने से ही सब्र करने लगे। ठाकुर ड्राइवर की बीवी पकाती थी, ड्राइवर स्वयं खड़ा होकर नाली के पास उन्हें खिलाता था। ड्राइवर का एक और घरेलू काम था—जेलर साहब को खिलाने के बाद उसी स्थान के आस-पास वह घर के कुत्ते 'लकी' को भी भोजन दिया करता था। कार चलाने की नौबत तो दो-चार दिन में एक बार ही आती थी, सो ड्राइवर भी एक ही झटके में अपने मालिक और 'लकी' को सन्तुष्ट करके अपनी युवा पत्नी के साथ समय बिताने में बड़ा प्रसन्न रहता था।

तीज-त्योहार और शादी-विवाह के उत्सवों का इन्तज़ार राय साहब बड़ी बेसब्री से करते थे। एक तो उन्हें तरह-तरह का भोजन मिलता था, उनको रोकने वाला कोई नहीं होता था, और ठाकुर-कायस्थ-मुसलमान घरों में तो मांस-मछली भी ख़ूब बहुतायत से मिलते थे। बस आर्यसमाजियों के घर जाना उन्हें रास नहीं आता था—कद्‌दू और लौकी, न चटख़ मसाले, न अच्छा घी-तेल। आख़िर सात्विकता की भी हद होती है। हर एक पर नहीं थोपी जानी चाहिए।

खाने से भी बढ़कर इन अवसरों पर उनके मन में धीमी सुलगती आग को ईंधन भी मिलता था, और एक अजीब प्रकार की तृप्ति भी। अपनी उम्र का फ़ायदा लेते हुए वे सीधे ज़नाने में प्रस्थान कर जाते थे। युवा बहू-बेटियाँ पहले तो चौंकती थीं, मगर फिर छड़ी के सहारे खड़े हुए सफ़ेद बालों वाले बुज़ुर्ग को देखकर खिलखिलाने लगती थीं। जेलर साहब भी हँस-हँसकर सबकी ख़ैर-ख़बर लेते थे,

किसी के कंघी-जूड़े की तारीफ़ करते थे, तो किसी के आभूषण की और किसी की साड़ी की। मतलब यह कि वे युवा-सौन्दर्य का भरपूर आनन्द लेते थे, और युवतियाँ उनकी प्रशंसा से प्रफुल्लित होती थीं। यह प्रशंसक और प्रशंसा की पात्र का रिश्ता ऐसा बढ़ा कि सारे ख़ानदान में जब भी युवतियाँ सजती-धजती थीं तो कोई न कोई अवश्य कह देती थी—'अरे, बुढ़ऊ तो अब तक नहीं आये।' और जब वह पलटकर देखतीं तो जेलर साहब को छड़ी के सहारे मन्द मुस्कान से सराबोर, अपने पीछे ही खड़ा पातीं।

धीरे-धीरे जेलर साहब की ज़िन्दादिली की चर्चाएँ होने लगीं जो जेलरनी के कानों में भी पड़ीं। जब उन्हें पता लगा कि जेलर साहब ज़रूरत से ज़्यादा हिम्मती होकर लड़कियों, बहुओं को छड़ी से गुदगुदा भी देते हैं तो वे इस मसले पर गम्भीरता से विचार करने पर बाध्य हो गयीं। दो-चार दिन के चिन्तन के बाद वे इस निष्कर्ष पर पहुँचीं कि जेलर साहब की इस प्रवृत्ति के लिए यह कमबख़्त मीट, मच्छी का तामसिक भोजन ही ज़िम्मेदार था। बड़ी तत्परता से उन्होंने ऐलान कर दिया कि साठ वर्ष के बाद केवल सात्विक भोजन ही मनुष्य के लिए हितकर है। अपने फ़ैसले के पक्ष में उन्होंने आर्यसमाज के पंडित जी के मुख से तमाम पुराणों, वेदों, रीति-रिवाजों के साक्ष्य भी प्रस्तुत करवा दिये। जेलरनी का यह आघात इतना व्यग्र और अप्रत्याशित था कि जेलर साहब बौखलाये तो अवश्य परन्तु विरोध न कर सके। दूसरे ही दिन से न्यूनतम मसाले में पकी कद्दू-लौकी जेलर साहब को पेश होने लगी। बेचारे मन मसोसकर किसी तरह भूख मिटा लिया करते थे।

इस सात्विक भोजन से ऊब कर उन्होंने अपने लिए अलग से कुछ करने का फ़ैसला किया। खुली बग़ावत करने की तो हिम्मत थी नहीं इसलिए चोरी-छिपे कम से कम अपने लिए अंडों की व्यवस्था करने का मन बना लिया। दूसरे दिन सुबह जब टहलने निकले तो रास्ते में खड़ी हमीदन ने सलाम किया। हमीदन और उसके परिवार से वे भली-भाँति परिचित थे क्योंकि वे जुलाहे थे और जेलर साहब

की कोठी के बगल से ही सड़क के क़िनारे सूत फैलाकर कपड़ा बुनते थे। जेलर साहब ने हमीदन का हाल-चाल लिया और उसके कच्चे मकान की ओर देखकर पूछा, "हमीदन, यह मुर्गियाँ तुम्हारी हैं? अंडा दे रही हैं आजकल?"

"दस-बारह हैं, बाबूजी। कोई न कोई तो अंडे से रहती ही है", हमीदन बोली।

जेलर साहब फुसफुसाकर बोले, "मैं पैसे दे दिया करूँ तो दो अंडे उबाल कर मुझे रोज़ दे सकती हो, हमीदन?"

"यह कोई कहने की बात है, हुज़ूर? जो आपका हुकुम हो...।"

'पर कोई जाने न। चुपचाप...समझीं?'

"जी, बाबूजी।"

दूसरे दिन बाग़ की सैर पर निकले जेलर साहब हमीदन के घर के सामने थोड़ा धीरे हो गये। हमीदन के आगे आते ही उन्होंने चुपचाप उसकी हथेली पर कुछ रेज़गारी रखी और आगे बढ़ लिए। दो अंडों की कीमत के अलावा उसमें दो आने अधिक थे। यह दो आने हमीदन की मेहनत और चुप्पी के लिए थे।

बाग़ से लौटते समय अख़बार के काग़ज़ में लिपटा उनका सामान तैयार था जो उन्होंने लपककर सदरी की अन्दर की जेब में रख लिया और आगे बढ़ गये। अपने कमरे में पहुंचकर तकिये के नीचे से चाभी उठाई और लकड़ी की सन्दूकची खोली। उनका सारा संसार एक तरह से इसी सन्दूकची में सुरक्षित बन्द रहता था—उनकी पेंशन के काग़ज़ात, डाकख़ाने की जमा किताब, थोड़ी बहुत नक़दी (पेंशन का अधिकांश हिस्सा तो जेलरनी दबा लेती थीं), एक-दो अच्छे फ़ाउंटेनपेन और ख़त लिखने का सामान, डाक व रसीदी टिकट आदि। अब इस सामान में दो उबले अंडे भी रोज़ाना शामिल होने लगे। जैसा पहले बताया गया था, उनका गुस्लख़ाना, जिसमें लघु व दीर्घ शंका के लिए व्यवस्था थी, उनके कमरे से लगा हुआ था। जेलरनी काफ़ी दिनों से वैसे भी अपना बिस्तर अलग करने का सोच रही थीं, गुस्लख़ाने की बदबू ने उन्हें बड़ा अच्छा बहाना दे दिया

और उन्होंने अलग कमरे में ही लेटना-बैठना आरम्भ कर दिया। जेलर साहब को भी एकान्त रास आया। अब मौक़ा देखकर कभी भी दो अंडों का आनन्द लिया जा सकता था, मगर सावधानी से क्योंकि जेलरनी उम्र के साथ-साथ अधिक शक्की भी हो चली थीं।

जेलर साहब की दिनचर्या अब इन दो अंडों के इर्द-गिर्द ही सीमित रहने लगी। किस प्रकार से किसी के जाने बग़ैर उबले अंडे हासिल किये जायें और कितनी जल्दी उनको निगलकर छिलके आदि सबूत रफ़ा-दफ़ा कर दिये जायें। एक-दो बार तो उन्होंने सोचा कि इसी प्रकार क्यों न कबाब का भी इन्तज़ाम किया जाये, परन्तु कबाब की महक शायद जेलरनी ताड़ जायें इसलिए यह ख़तरनाक साबित हो सकता था, और वैसे भी ठंडा कबाब किस काम का। अपनी हवस में वे कभी-कभी दो अंडे शाम के टहलने के समय भी ले आते थे। जब बार-बार उनका पेट चलना शुरू हुआ तो जेलरनी ने सवालों की झड़ी लगा दी। तहक़ीकात में वे किसी मुकाम पर तो नहीं पहुँच पायीं परन्तु जेलर साहब एकदम सतर्क हो गये। तकिये के नीचे रखी सन्दूकची की चाभी उन्होंने तुरन्त अपने जनेऊ के एक छोर में बाँध ली कि कहीं ऐसा न हो कि जेलरनी उनकी ग़ैर-मौजूदगी में सन्दूकची खोल डालें। मगर दूसरे दिन ही जेलरनी ने जनेऊ में बँधी चाभी देख ली और वे कुछ सोचने लगीं। जेलर साहब जब दोपहर को अपने कमरे में गये तो यकायक जेलरनी वहाँ पहुँच गयीं और बोलीं, "ज़रा, एक-दो पोस्टकार्ड दे दीजिए, ज़रूरी ख़त लिखने हैं।

जेलर साहब पुरानी आदत के अनुसार फ़ौरन तकिये के नीचे चाभी तलाशने ही वाले थे कि एकदम सतर्क हो गये। बोले, "पोस्टकार्ड तो ख़त्म हो गये हैं, कल ला दूँगा।"

"तो लिफ़ाफ़ा और टिकट तो होगा?" वे बोलीं।

जेलर साहब कुछ जल्दबाज़ी से बोले, "नहीं, नहीं, लिफ़ाफ़ा पड़ोसी ने माँग लिया। आप ख़त लिखकर रखिये, कल भेज दिया जायेगा।"

इसके बाद जेलरनी निरन्तर कोशिश करती रहीं परन्तु सन्दूकची

में झाँक नहीं पायीं। समय बीतता गया। वृद्धावस्था में जेलर साहब अक्सर बीमार पड़ जाते थे। अंडे न ला पाने के कारण मन मसोस कर रह जाते थे। जेलरनी क्या जानें कि बीमारी में अंडा कितना मुफ़ीद होता है? मगर जितने दिन भी अपने मन की कर पाते उतने दिन आत्मविश्वास और सन्तोष की साँस लेते क्योंकि हर ऐसा दिन जेलरनी की शिकस्त का होता था। समय और बीता; जेलर साहब फिर बीमार पड़े। ज्वर इतना कि सन्दूकची में रखे दो अंडों तक पहुँचना मुश्किल था। जब होश में होते तो जनेऊ में बँधी चाभी बार-बार टटोल कर सन्तोष कर लेते कि माल सुरक्षित है कभी तो हाथ लगेगा ही।

परन्तु बुख़ार ऐसा कि कम होने का नाम न लेता। किसी ने टायफ़ाइड कहा तो किसी ने मलेरिया। बहरहाल जेलर साहब दिन पर दिन क्षीण होते चले गये। करवट भी खुद न ले पाते थे, हाथ-पाँव की जुम्बिश इतनी कम हो गयी कि लगता था जैसे लकवा मार गया हो। ख़ानदान बड़ा था, दिन-रात कोई न कोई करवट बदलाता रहता, और हाथ पाँव सहलाता। मगर बेहोशी का समय बढ़ता जाता था, होश में कुछ ही क्षणों के लिए रहते। अन्त में शहर के प्रख्यात डाक्टर रायज़ादा साहब को बुलवाया गया। बड़े इत्मीनान से मरीज़ का मुआयना करके और पिछले इलाज की फ़ेहरिस्त पढ़ने के बाद वे जेलर साहब के भतीजों को अलग ले गये और बोले, "बीमारी तो कुछ ख़ास है नहीं। बस यह समझिये कि शरीर थक चुका है, अब अधिक साथ न देगा। भगवान की कृपा से सत्तासी वर्ष देख चुके हैं, बस इन्हें कष्ट न होने दें, और यदि होश में आकर कुछ कहते हैं तो बात पूरी कीजियेगा।"

ख़बर पूरे ख़ानदान में, यहाँ तक कि पूरे शहर में मिनटों में पहुँच गयी कि जेलर साहब का अन्तिम समय आ पहुँचा है। दूसरे शहरों में रहने वाले रिश्तेदारों को तार से सूचना दी गयी। कुछ पोस्टकार्ड भी भेजे गये जिनमें विस्तृत जानकारी दी गयी थी। दूसरे ही दिन से जेलर साहब की कोठी रिश्तेदारों और शुभचिन्तकों से भरना शुरू हो

गयी। इतने लोग और इतनी चहल-पहल उस कोठी में उनके जीवन में कभी नहीं हुई जितनी इस समय, क्योंकि निःसन्तान जेलर-जेलरनी को भगवान ने जश्न का कोई अवसर ही नहीं दिया था।

तीमारदारी करने वालों की कमी न थी, फिर भी जेलर साहब की भतीजी, प्रकाशवती, उनको एक क्षण भी नहीं छोड़ती थीं। उनके बिस्तर के पास आरामकुर्सी पर दिन-रात बैठी रहतीं और वहीं ऊँघ कर आराम कर लेती थीं। पाँच दिन से जेलर साहब की विदाई निश्चित मान कर पूरा कुनबा उस अन्तिम क्षण की प्रतीक्षा कर रहा था जब उस कमरे से एक बड़ी चीख़ निकलेगी और सब लोग छाती पीटने वहाँ पहुँचेंगे।

जेलर साहब को होश न था, दो-तीन मिनट में एक-आध साँस ले लेते थे। मगर वह अन्तिम घड़ी आने का नाम ही नहीं लेती थी, सब अधर में लटका था। कुछ रिश्तेदारों ने अतिआवश्यक कार्यों की सूची गिनाना शुरू किया, कुछ सीधे माफ़ी माँग कर वापिस जाने लगे। जीवन और मृत्यु के बीच लटकना दुश्वार और कष्टदायी होता है, सभी फ़ैसला शीघ्र चाहते हैं, चाहे इस ओर चाहे उस ओर।

प्रकाशवती अपनी ड्यूटी पर तैनात थीं। गाहे-बगाहे जेलर साहब के सीने में श्वास की हरकत होती थी और वे आश्वस्त हो जाती थीं कि जीवन लीला चल रही है। थोड़ी देर बाद उन्होंने देखा कि जब जेलर साहब श्वास लेते हैं तो उनका दाहिना हाथ भी हिलने लगता है। प्रकाशवती को आश्चर्य हुआ कि इतने दिन अचेत पड़े रहने के पश्चात् मरीज़ में चेतना वापिस आ रही थी। उनके हाथ की हरकत बढ़ती जाती थी। रात काफ़ी गुज़र चुकी थी, सुबह होने वाली थी। सहसा प्रकाशवती को लगा जैसे जेलर साहब दाहिने हाथ से कुछ ढूँढ़ रहे हों। हाथ कमर के दाहिनी ओर बढ़ता जाता था, हरकत भी अधिक और जल्द-जल्द होती थी। प्रकाशवती ने उठकर देखना शुरू किया कि आख़िर हाथ कमर के दाहिनी ओर जाने की चेष्टा क्यों कर रहा है। खुद टटोलने पर उनका हाथ जनेऊ में बँधी चाभी पर चला गया, उसे छूकर वे गम्भीरता से सोचने लगीं। अवश्य यह

सन्दूकची की चाभी थी जिसे वह किसी को छूने नहीं देते थे। क्या उन्हें इसी की तलाश थी?

अगली बार जब उनका हाथ हिला और कमर पर कुछ तलाश करने लगा तो प्रकाशवती ने हाथ उठाकर चाभी पर रख दिया। अचम्भित, वे देखती रहीं कि बेहोशी की हालत में जेलर साहब का हाथ चाभी छूते ही मुट्ठी में बँध गया, चाभी उनके कब्ज़े में थी, सबसे सुरक्षित थी। उन्होंने एक गहरी साँस ली, दुबारा साँस लेते समय मुँह खुल गया, एक हल्की सी गरगराहट गले से हुई, और जेलर साहब एक अनन्त यात्रा पर निकल पड़े...।

शिवनारायन

बाबू शिवनारायन अड़तालीस वर्ष के हो चुके थे। इतनी उम्र में वे ग़रीबी, दरिद्रता, तिरस्कार से उठकर समृद्धि और प्रतिष्ठा तक का सफ़र पार कर चुके थे। एक पूरा पेट खाना न पाने वाला बालक अपने आत्मबल, दृढ़-निश्चय और लगन से आज ज़मींदारों और नवाबों की पंगत में बैठने लगा था। दरवाज़े पर हाथी बँधा था, शहर में सवारी के लिए बग्घी उपलब्ध थी, और बड़े लोगों के घर जाने के लिए एक फ़ोर्ड मोटर कार। ज़मींदारों के कारिन्दे राय-मशविरा करने आते तो हाथ में एक-दो मछली, दो-चार चिड़ियाँ और हिरन आदि के गोश्त का नज़राना तो लाते ही थे। एक निपुण ख़ानसामा की मदद से अब वे एक जाने-माने मेज़बान भी बन चुके थे। शहर के रईस और आला अफ़सर उनके दस्तरख़ान पर अक्सर नज़र आते थे।

परन्तु अड़तालीस वर्ष पूरे होते ही बाबू शिवनारायन कुछ परेशान, कुछ खीझे से रहने लगे थे जैसे सारा रुपया-पैसा, ऐश्वर्य, समृद्धि उनकी सन्तुष्टि के लिए पर्याप्त न हो, जैसे उन्हें किसी अन्य उपलब्धि की तलाश हो। इस समय अक्सर उनका दिमाग़ उन्हें अपने बचपन की ओर ले जाता था। उस समय में गरीब घरों में बच्चों के दिल बहलाने का मूल साधन दादी-नानी की कहानियाँ होती थीं। सारी नैतिक शिक्षा और जीवन व्यतीत करने की आदर्श संहिता रामायण और महाभारत के वृत्तान्तों के माध्यम से बच्चों के मस्तिष्क में भरी जाती थीं। परन्तु, घरों में सम्पन्न कराये गये हवन-यज्ञ, कथा-भागवत, पूजा-अर्चना अधिकतर बच्चों को धर्म की ओर आकर्षित करने के बजाय उदासीन बना देते थे। शायद इसलिए कि पंडितों द्वारा संस्कृत में मुनमुनाये श्लोक-मन्त्र उनके सिर के ऊपर से निकल जाते थे और सारा कर्मकांड केवल एक सामाजिक अनिवार्यता ही बनकर रह जाता था। इनसे अधिक प्रभाव उन कथाओं का होता था जिनमें दर्शाया जाता था—राम का पिता की आज्ञा का पालन करना, विषम स्थितियों में भी विवेक और दया से काम लेना, पांडवों का सत्य और न्याय के लिए युद्ध करना और सब कुछ प्राप्त करने के पश्चात् सब कुछ छोड़कर वानप्रस्थ कर जाना।

इन कथाओं में मनुष्य का अन्तिम लक्ष्य एक ही प्रतीत होता था—जीवन की चार अवस्थाओं से निकलकर बैकुण्ठ पहुँचना और मोक्ष को प्राप्त करना। शिवनारायन पूर्ण रूप से मोक्ष का अर्थ या भाव तो नहीं समझ पाता था, परन्तु उसकी प्राप्ति का उद्देश्य उसके मन में घर कर चुका था। एक अस्पष्ट रूप से वह मानने लगा था कि ब्रह्मचर्य, गृहस्थ, संन्यास आदि अवस्थाओं के दूसरे छोर पर ही वह अन्तिम मंज़िल मिलने की सम्भावना है जिसके लिए सभी श्रेष्ठ व्यक्ति प्रयास और साधना करते हैं। दूसरा यह कि संसार में बहुत कुछ अर्जित कर लेने के पश्चात् अन्त में सब कुछ त्यागना ही है। चाहे श्री राम, चाहे गौतम बुद्ध, चाहे पांडव, सबने ही ऐसा किया।

बचपन से प्राप्त शिक्षा और संस्कार शिवनारायन की अवचेतना

में अब निरन्तर प्रकट होते रहते थे। मोक्ष और त्याग जैसे गूढ़ विषय उसकी समझ में कुछ-कुछ आने लगे थे। वैसे वह उन व्यक्तियों में से था जो एक बार मंज़िल को अभीष्ट मान लें तो उसकी ओर चल पड़ते हैं, रास्ता अपने आप बनता जाता है। शिवनारायन ने ब्रह्मचर्य अवस्था इसी प्रकार पार की थी। उस समय उसका लक्ष्य केवल पढ़ाई करना और किसी क़ाबिल बनना था। माँगी-जाँची किताबों से मिडिल पास किया, ट्यूशन पढ़ा कर मैट्रिक से निकला फिर रिश्तेदारी के एक चाचा के घर अलीगढ़ शहर पहुँचा। बहुत विनती अनुरोध पर चाचा उसे घर में रखने को राज़ी हो गये। एवज़ में शिवनारायन सुबह चार बजे उठकर घर की सफ़ाई, झाड़ू-बुहार करता, भैंस का चारा गोबर आदि करता, और फिर इण्टर की पढ़ाई करने कॉलिज जाता। शाम को छोटे बच्चों को ट्यूशन पढ़ाता और देर रात तक अपनी पढ़ाई करता।

इस तरह इण्टर तक का सफ़र तो निकल गया। चाचा चाहते थे कि शिवनारायन को कहीं छोटा-मोटा बाबू का काम दिलवा दें, या पाठशाला में मास्टर लगवा दें। कमाई का कुछ हिस्सा तो उनकी गृहस्थी में लगायेगा ही। परन्तु शिवनारायन के लिए अभी मंज़िल की राह शुरू ही हुई थी। पढ़े-लिखे, आम हिन्दुस्तानियों के लिए मास्टरी, बाबू-गिरी अथवा पटवारी जैसी नौकरियाँ ही उपलब्ध थीं। डिप्टी-कलेक्टर और उससे भी ऊँचे कलेक्टर की नौकरी पाने के लिए न केवल ऊँची शैक्षिक योग्यता वरन् ऊँचे ख़ानदान से भी होना एक तरह से अनिवार्य था। इसके अतिरिक्त जीवन में इज़्ज़त-दौलत-शोहरत हासिल करने के लिए वकालत ही एक सीधा रास्ता रह जाता था। शिवनारायन अपनी मंज़िल निर्धारित कर चुका था। परेशानी आर्थिक साधन की थी। रोज़मर्रा का जेब ख़र्च तो वह ट्यूशन से निकाल लेता था, पुस्तकें अधिकतर माँग कर पढ़ लेता था। कॉलिज की फ़ीस और समय-समय पर कपड़ा, जूता आदि या कुछ क़ीमती परन्तु अति-आवश्यक किताबें एकदम से मुसीबत खड़ी कर देती थीं। चाचा की सहायता के बिना आगे बढ़ना टेढ़ी

खीर दिखती थी। अब चाचा यह बोझ उठाने को राज़ी हों या न हों, कोई निश्चित तो था नहीं। इसलिए शिवनारायन ने चाची की मदद लेने की ठानी। वैसे भी जब कभी उसकी जेब में एक-दो आने होते तो वह चाची के लिए आलू-टिक्की या मटर-चाट का एक दोना अवश्य ले आता था। थकी-हारी हों तो उनके पाँव भी दबा देता था। छोटी-छोटी बातों का ध्यान रखने से स्त्रियों का चित्त बड़ा प्रसन्न रहता है। सो चाची शिवनारायन का मन रखने के पक्ष में तुरन्त हो गयीं।

चाचा भोजन के बाद जब हुक़्क़े के कुछ कश ले चुके तो चाची ने आहिस्ता से बात शुरू की।

"शिवनारायन ने बड़ी मेहनत से पढ़ाई की है", वे बोलीं, "उसके नम्बर भी बहुत अच्छे आये हैं।"

"हाँ, यहाँ आया तो इण्टर तो करवा ही दिया", चाचा बोले, "अब कुछ काम मिल जाये तो किनारे लगे।"

"अभी नौकरी की क्या जल्दी है? कुछ आगे न पढ़वाइयेगा?" चाची ने कहा।

"अब अपने पैरों पर खड़ा होने दो, आगे की पढ़ाई ज़रूरी नहीं है। वैसे भी बी.ए.-एम.ए. की पढ़ाई महँगी होगी।"

"वह तो है, मगर उसका इतना मन है वकालत पढ़ने का, पढ़वा दीजिए न?"

आदत के अनुसार चाचा भोजन के पहले कुछ पी चुके थे। तैश में बोले, "हाँ, हाँ। बाप तो कुछ देते-दिवाते नहीं। सब कुछ मैं ही झेलूँ। वकील बन जायेगा तो क्या मेरे लिए हाथी ख़रीद देगा?"

चाची ने कुछ देर चुप रहने के बाद पैंतरा बदला। वे बोलीं, "अपना बेटा तो है नहीं। भतीजा ही वह स्थान पाये है। मामूली बाबू बन गया तो कौन सा चाँद ख़ानदान को लग जायेगा? आख़िर वह पुलिस इंस्पेक्टर के घर का लड़का है, आप रिटायर हो गये तो क्या?"

पुलिस-इंस्पेक्टरी के दिनों की याद चाचा के दिमाग़ में ताज़ा हो उठी। एक हलकी मुस्कान के साथ वे मूँछों पर ताव देने लगे।

चाची सही नस दबा चुकी थीं। समझदारी से बात वहीं छोड़ दी।

दूसरे दिन भोजन के बाद चाची पान की तश्तरी लायीं। चाचा ने गिलौरी गाल में दबाते हुए कहा, "आप इस लड़के को वकील बनवाना चाहती हैं?"

चाची ऐसे खेल कई बार खेल चुकी थीं। सो वे बोलीं, "अरे मेरी छोड़िये। आप भी तो इसे एक दिन बड़ा आदमी बनना देखना चाहते हैं।"

चाचा ने फिर मूँछों पर हाथ फेरा। इसका अर्थ था कि शिवनारायन चाचा के घर रहकर आगे की पढ़ाई करेगा। आवश्यकता के अनुसार बड़ा ख़र्च चाचा उठायेंगे, रोज़मर्रा का ख़र्च वह स्वयं ट्यूशन आदि से निकालेगा। शिवनारायन ने सन्तुष्टि से साँस ली। आगे का रास्ता साफ़ हो गया था। केवल एक बात उसको रह-रहकर कचोटती थी—वह थी चाचा की तानाकशी, वह हाथी ख़रीदने की बात। अगले कुछ वर्षों में जब भी वह चाचा-चाची के एहसानों का सोचता, वह हाथी की बात उसे अवश्य याद आ जाती थी।

समय बीता। सर सैयद के एंग्लोओरिएंटल कॉलिज से शिवनारायन ने बी. ए. पास किया। उसके बाद एल.एल.बी. की डिग्री भी हासिल कर ली। अब सवाल उठा वकालत शुरू करने का। चाची चाहती थीं कि वह उनके पास रह कर अलीगढ़ में ही कोर्ट-कचहरी शुरू करे। परन्तु शिवनारायन के मन में अपना शहर ही बसा हुआ था। उसके जीवन का संघर्ष तो वहीं होना था जहाँ उसे अनेक बार पराजय, अवहेलना, तिरस्कार झेलने पड़े थे।

अपने शहर पहुँचते ही उसने एक वकील की तलाश की, जिसका जूनियर बनकर वह पेशे की शुरुआत कर सके। अन्त में उसने एक बुजुर्ग, या कहिये मरणासन्न वकील को अपना गुरु बना लिया। लगन और परिश्रम से शिवनारायन बहुत जल्दी कानूनी दाँव-पेंच सीख गया। नये मुवक्किल स्वयं उसको ढूँढ़ने लगे। छः माह बीतते-बीतते, जैसी उसे उम्मीद थी, गुरु जी स्वर्ग सिधार गये। मुकदमों का अम्बार उसके हाथ लग गया। वकील होने के नाते

शिवनारायन का एकमात्र ध्येय मुक़दमा जीतने का होता था, सच या झूठ इतने महत्त्व के नहीं होते थे जितनी कानूनी कलाबाज़ियाँ। मुक़दमों की बारीकियों का घोर अध्ययन और उसके लिए नज़ीरें इकट्ठा करना उसकी महारत में था। मेहनताना तो वह नक़द लेता ही था, परन्तु बड़े मुक़दमों में रईसों, ज़मींदारों से केस जिताने पर एक निश्चित भूमि का सौदा भी कर लेता था। दिनों-दिन नकदी और ज़मीन-जायदाद उसकी टेंट में आ रहे थे। अपनी नयी हैसियत के मुताबिक उसने एक बड़ा मकान किराये पर लिया। शहर के एक छोर पर निजी कोठी के निर्माण के लिए एक बड़ी ज़मीन ख़रीद ली। कचहरी आने-जाने के लिए एक ताँगा-घोड़ा रख लिया। बहरहाल, लक्ष्मी जी की कृपा थी, परिवार वाले उसकी सफलता से स्तब्ध थे ही, समाज भी उसकी ओर विस्मय से देखने लगा था, जिसमें आदर के साथ कुछ भय भी शामिल था।

समय बीता। एक रईस ज़मींदार तीन हाथियों का काफ़िला लेकर एक दिन शहर पहुँचे। अन्य कार्यों के साथ उन्हें ज़मींदारी के मामलात में एक कुशाग्र वकील से भी परामर्श करना था। मामला मालगुज़ारी का था, नया गोरा कलेक्टर बहुत अधिक रुपयों का नोटिस भेज चुका था। यदि मान लेते तो घर का काफ़ी कुछ चला जाता। शिवनारायन ने केस के अध्ययन के लिए दो दिन का समय माँगा। तीसरे दिन उसने ज़मींदार साहब के आते ही कहा, "काग़ज़ात मैंने देख लिए हैं, केस मैं आपको जिता दूँगा।"

ज़मींदार साहब इस नौजवान वकील का मुँह देखते रह गये। यह उसका आत्मविश्वास था या उद्‌दंडता! अन्य वकीलों ने गोलमोल राय ही दी थी कि ऐसा भी हो सकता है और वैसा भी। ख़र्चा भी उनकी हैसियत के हिसाब से हज़ारों में बताया था। अन्त में शिवनारायन की निश्चयी और आत्मविश्वासपूर्ण मुद्रा देखकर ज़मींदार साहब ने उसे केस सौंपने का फ़ैसला कर लिया।

"ठीक है। यदि आप मुझे यह केस जिता सकते हैं, तो मैं भी उसी हिसाब से आपका ख़र्चा दूँगा। बोलिए कितना लगेगा?"

शिवनारायन ने तपाक से कहा, "नक़द एक पैसा न लूँगा जिस दिन आप अपनी जीत का फ़ैसला सुनेंगे उसी दिन आप एक हाथी मेरे दरवाज़े पर बँधवा देंगे।"

कुछ देर सोचने के बाद ज़मींदार साहब बोले, "मुझे मंज़ूर है।" यह कहते ही वे अपने कारिन्दे को वकील के पास छोड़कर चले गये। डेढ़ वर्ष की जद्दो-ज़हद के बाद शिवनारायन ने आख़िर वह मुक़दमा जीत लिया। यह दीगर बात थी कि कितने झूठे गवाह और साक्ष्य पेश किये गये थे, कितने मूल काग़ज़ात के महत्त्वपूर्ण शब्द चिलम के अंगारे गिरने से जल कर ग़ायब हो चुके थे। बहरहाल, ज़मींदार साहब ने भी अपना वायदा निभाया। शाम को शिवनारायन कचहरी से लौटे तो घर के बाहर भीड़ लगी हुई थी। सैकड़ों बच्चे, आदमी, औरतें दरवाज़े पर बँधे हाथी को निहार रहे थे।

घरवालों के कहने पर शिवनारायन ने हाथी को रोटियाँ और गुड़ खिलाया। फिर मुस्कराते हुए घर के भीतर गये। तुरन्त मुंशी जी को बुलाकर एक तार लिखवाया जिसका मज़मून था—'एलिफ़ेंट एराइव्ड। कम फ़ार राइड इमीडिएटली। शिवनारायन।' अर्थात, 'हाथी आ गया है। सवारी के लिए तुरन्त आयें।'

तार डबल एक्सप्रेस करके चाचा को अलीगढ़ भेजा गया। तार-प्राप्ति के बाद जो हुआ वह कुछ इस प्रकार था—चाचा ने कई बार तार पढ़ा, कुछ देर सोचने के पश्चात् उसका पूर्ण भाव व अर्थ उनकी समझ में आया। तार ले जाकर चाची को थमाया, उनके कहने पर उसका हिन्दी अनुवाद सुनाया। चाची झट से समझ गयीं, उनका चेहरा एक अजीब प्रकार की ख़ुशी और साथ ही थोड़ी शैतानी की आभा से खिल उठा। बोलीं, "तो क्या सोच रहें हैं?"

"सोचना क्या?" चाचा बोले। "चलने की तैयारी करो।"

"उसे ताना दिये थे? अब कौन सा मुँह ले कर जाओगे?" चाची ने उलाहना दिया।

"क्यों? आख़िर मेरा भतीजा है। जाऊँगा कैसे नहीं? ज़रूर जाऊँगा, हाथी पर सवारी अवश्य करूँगा," चाचा ऐंठकर बोले, जैसे

उन्होंने भी कोई एक मंज़िल हासिल कर ली हो। अगर भतीजा गर्व से अपनी कामयाबी सबसे पहले चाचा को दर्शा रहा था, तो चाचा भी अपने क्षमा और प्रेम-भाव से उसकी सफलता में हर्ष और भागीदारी दिखाने के लिए तत्पर थे।

घर पहुँचने पर चाचा-चाची का बड़ा सम्मान-स्वागत हुआ। नौकर-चाकर उनकी सेवा में लगाये गये। इतवार के दिन हाथी पर हौदा कसवाया गया। उस पर एक मोटा गद्दा रखवाकर महावत ने सबसे पहले चाचा को चढ़ाया। चाचा अपने पूरे रौब में सामने की ओर बैठे और शिवनारायन की प्रतीक्षा करने लगे। कुछ क्षण बीतने पर उन्होंने पुकारा, "शिब्बू, आओ भई, इधर मेरे पास बैठो।"

नीचे से शिवनारायन ने गम्भीरता से कहा, "चाचा, आप बच्चों को अपने साथ घुमवा दीजिए। मैं अभी हाथी पर चढ़ने लायक नहीं हुआ हूँ।"

ख़ानदान के बच्चे "मैं भी...मैं भी" कहते हुए हाथी पर चढ़ गये। इधर चाचा अपनी नम आँखें पोंछ ही रहे थे कि हाथी खड़ा होकर शहर का चक्कर लगाने चल पड़ा। उधर ज़मीन पर शिवनारायन के बूढ़े पिता मोढ़े पर बैठे सब कुछ विस्मय से देख रहे थे। शिवनारायन की माँ तो थी नहीं, चाची भाव-विभोर होकर आगे बढ़ीं और शिवनारायन से लिपटकर उसका सर चूमने लगीं।

मेहमानों की विदाई के बाद शिवनारायन ने अपने जीवन प्रवाह की समीक्षा की। कुछ ऊपर-नीचे अवश्य रहा परन्तु ले-देकर उसका अभी तक का सफ़र सन्तोषजनक ही था। शिक्षा ग्रहण और जीवन यापन के मार्ग की प्रशस्ति आदि, यह सब तो पूरे हो चुके थे। अब गृहस्थ-आश्रम की वेला थी। अतः पिताजी से एक दिन निःसंकोच कहा, "बाबू सोचता हूँ कि महरी-महराजिन के सहारे घर कब तक चलेगा।"

पिता उसका आशय समझकर हर्षाए और एक माह के भीतर एक कुशल, देखने में ठीक-ठाक यद्यपि अनपढ़ी बहू ले आये। शिवनारायन का गृहस्थ जीवन चल पड़ा। दो पुत्रों की प्राप्ति हुई

परन्तु दूसरे के जन्म के उपरान्त पत्नी का स्वास्थ्य बिगड़ने लगा और वह सीधी-सादी, सहनशील अबला छः माह के भीतर संसार से कूच कर गयी। जिस अवस्था के ऊपर अपना बस न चले उसके लिए हर्ष या वियोग निरर्थक था परन्तु फिर भी उसकी मृत्यु शिवनारायन के लिए एक असुविधा तो थी ही। वैसे भी वह समय था जब एक मर्द अपने जीवनकाल में कम से कम दो स्त्रियों का उपभोग तो कर ही लेता था। कारण, प्रसव और उसके बाद की जटिल बीमारियों से पार पाना कठिन समस्या थी। न डॉक्टर थे, न प्रभावशाली दवाएँ और न स्वच्छता के विषय में जागरूकता।

घर-गृहस्थी तो चलानी ही थी। अतः रिश्तेदारी में सूचना पहुँचा दी गयी कि शिवनारायन के लिए एक बहू की तलाश शीघ्र की जाये। चाची फिर काम आयीं। उन्होंने अलीगढ़ के एक धनाभाव वाले परिवार की एक अति सुन्दर, मिडिल तक शिक्षित कन्या तलाश ली। शिवनारायन उसे देखते ही मुग्ध हो गये। दोनों की आयु में अन्तर कुछ अधिक था, ऊपर से लड़का विधुर और दो बच्चों का बाप। अतः माता-पिता ने कन्या की सहमति लेना आवश्यक समझा। आख़िर में एक हाथी-नशीन, उदीयमान वकील की जीत हुई, मगर कन्या ने भी कुछ शर्त रख दी। उसे शराब और गोश्त से नफ़रत थी। दूल्हा इन दो वस्तुओं का सेवन न करे तो उसकी ओर से कोई आपत्ति नहीं थी। उसके रूप और यौवन पर आसक्त शिवनारायन ने आनन-फ़ानन में हाँ कर दी। मीट-मच्छी तो वह शौक़ से खाता ही था, और अब रईसों की सोहबत में एक-आध जाम भी चलने लगा था। अतः शर्त को मान लेना उसके सदाशय का परिचायक तो हो सकता था परन्तु उसके पालन के प्रति आश्वस्त नहीं कर सकता था। वैसे भी शिवनारायन के दृष्टिकोण में गृहस्थ-अवस्था जीवन का रस और स्वाद लेने के लिए थी और वह किसी भी प्रकार के रसास्वादन से अपने आपको वंचित नहीं रखना चाहता था। उसके संज्ञान में यह वह अवस्था थी जब चारों द्वेषों—काम, क्रोध, मोह, अहंकार—को पल्लवित होने देना ही उनकी तृप्ति का साधन बन

सकता था जिससे अन्त में उनकी निरर्थकता का आभास हो सके, और उनको तिलांजलि दी जा सके।

बहरहाल जिह्वा के ऊपर नियन्त्रण न हो सका। शर्त का उल्लंघन चोरी-छिपे आरम्भ हुआ और संकोच से गुज़र कर बेशर्मी तक पहुँच गया। श्रीमती जी का आहत मन निराशा और पीड़ा के सागर में बहता हुआ अलगाव, अवज्ञा, तिरस्कार और अन्त में घृणा के तट पर आ पहुँचा। दो सौतेले पुत्रों और ससुराल के रिश्तेदारों से विरक्ति होने लगी, प्रेम और घनिष्टता सिमटकर अपनी कोख से जन्मे पुत्र-पुत्री और मायके के सदस्यों तक ही रह गयी। बाबू शिवनारायन वैसे भी देर शाम तक अपने दफ़्तर से लगे बड़े कमरे में बैठकर मिलने वालों की सोहबत का आनन्द लेते थे और अक्सर वहीं उनका खान-पान भी हो जाया करता था। उसके बाद ही वे रात्रि-विश्राम के लिए घर के भीतरी कक्ष में आते थे। पत्नी की उदासीनता और ठंडे बिस्तर की आशंका से अब उनके पाँव रुकने लगे थे। धीरे-धीरे उनका घर के भीतर प्रवेश एक तरह से समाप्त ही हो गया। कुछ दिनों बाद नौकरों की कानाफूसी में सुनाई पड़ने लगा कि कोई बाहरी महिला रात में उनके निजी कक्ष में जाती दिखी, या कोई अन्य युवती ब्रह्ममुहूर्त में उनके कक्ष से बाहर आती दिखी। कुछ दिन और बीते तो बाहरी औरतों का उनके कक्ष में आना-जाना सामान्य लगने लगा। परिवार वाले शाम होते ही उनके कक्ष की ओर से मुँह मोड़ लेते थे। नौकर और दूर-दराज़ के रिश्तेदार जो उनके आश्रित थे केवल एक ही बात का क़यास लगाने में व्यस्त रहते थे—वह यह कि मौजूदा समय में कौन बाबूजी के मुँह लगी थी, किससे नम्रता से व्यवहार करना होगा और किससे शोख़ी की जा सकती थी।

श्रीमती जी पति से विरक्त होकर अपने आप में सीमित हो गयीं। वे अपने को एक शिक्षित महिला के रूप में देखती थीं, अख़बार और रिसाले बड़े चाव से पढ़तीं और गाँधी जी के स्वतन्त्रता-आन्दोलन की पूरी खोज-ख़बर रखती थीं। बापू की आवाज़ पर उन्होंने भी अपने

विदेशी वस्त्र आग के सुपुर्द कर दिये थे और अब केवल खादी ही पहनती थीं। एक तरह से ये सादे वस्त्र उनके वैवाहिक जीवन के नैराश्य का आईना भी लगने लगे थे। फिर भी ज्येष्ठ पुत्र, जो अब स्वयं वकालत शुरू करने वाला था, उसके विवाह में उन्होंने अपना दायित्व पूरी गरिमा और बड़प्पन से निभाया। बहू भी सुशील मिली थी। सास-ससुर के आपसी सम्बन्धों की अनदेखी कर वह दोनों की सेवा में कोई कोर-कसर बाक़ी नहीं रखती थी। अतः गृहस्थी प्रेम-भाव से चलती थी और बाधा रहित थी। कनिष्ठ पुत्र के कारण अवश्य तनाव रहता था। पढ़ाई में उसकी रुचि न थी, परिश्रम से कोसों दूर भागता था, अपनी असफलता का दोष सौतेली माँ के भेद-भाव पूर्ण व्यवहार पर मढ़ता था। बाबू शिवनारायन असलियत भाँप चुके थे। उन्होंने चटपट उसका विवाह करवाया और ज़मींदारी की देख-रेख के लिए गाँव में स्थापित कर दिया। पत्नी की इच्छानुसार तीसरे पुत्र को उच्च शिक्षा प्राप्ति के लिए लखनऊ भेज दिया, और पुत्री को उसके ननिहाल अलीगढ़। लड़का सरकारी नौकरी पा गया। शिवनारायन ने तुरन्त उसकी शादी कर दी और नये दम्पति को लखनऊ में स्थापित करके एक और दायित्व से छुट्टी पा ली।

परन्तु एक दायित्व अभी तक पूरा न हो सका था, अर्थात पुत्री कुँवारी थी। उसकी शिक्षा के अनुसार उपयुक्त वर नहीं मिल पा रहा था। शिवनारायन को पचास वर्ष की आयु तक यह कार्य हर हालत में सम्पन्न करना था क्योंकि वही गृहस्थ जीवन की उनकी स्वयं-निर्धारित सीमा थी। अतः शिवनारायन इस काम के पीछे हाथ धो कर पड़ गये। कभी बरेली, कभी लखनऊ, कभी कानपुर, जहाँ भी बिरादरी के समृद्ध परिवारों का सुनते तुरन्त वहाँ के लिए निकल पड़ते। छः महीने की भाग-दौड़ के पश्चात् इलाहाबाद में एक वर मिल ही गया। साहबज़ादे आई.सी.एस. बनने के लिए विलायत भेजे गये थे परन्तु पढ़ाई की जगह वे पीठ पर पिट्ठू बाँध कर यूरोप में सालों-साल घूमते रहे और अन्त में किसी दूर-दराज़ के विश्वविद्यालय से गणित में एम.ए. की डिग्री लेकर घर लौट आये। उस युग में

विलायत में पढ़ना ही बहुत बड़ी बात होती थी, सो एक कॉलिज में अध्यापक की नौकरी उन्हें आसानी से मिल गयी और विवाह के लिए रिश्ते भी ढेर सारे आने लगे। अन्त में बाज़ी शिवनारायन के ही हाथ लगी। लड़के वाले विवाह के लिए एक वर्ष का समय माँग रहे थे, परन्तु शिवनारायन ने दहेज की रक़म और बढ़ा दी और लेन-देन भी डट कर किया। विवाह की तिथि तीन माह की अवधि में तय हो गयी।

विवाह बड़ी शान-शौक़त से हुआ। ससुराल पक्ष पूर्ण रूप से सन्तुष्ट होकर वधू को विदा करा ले गया। इतने बड़े उत्सव का हिसाब-किताब निपटाने में तीन दिन और लग गये। चौथे दिन शिवनारायन घर के अन्दर पहुँचे और बरामदे में पड़े तख़्त पर जा बैठे। तीनों पुत्र पास आकर बैठे, बहुएँ घूँघट काढ़े दूर ही खड़ी रहीं। शिवनारायन ने सबसे छोटे पुत्र से कहा, "अपनी माँ को बुला लो।"

श्रीमती जी पास पड़ी चारपाई पर आ बैठीं। शिवनारायन ने अपनी योजना के अनुसार तुरन्त बातचीत शुरू कर दी। अपने पुत्रों को सम्बोधित करते हुए वे बोले, "तुम्हारी बहन की विदाई के बाद मुझे लग रहा है कि मुझसे जो भी अच्छे-से-अच्छा बन पड़ा, मैंने तुम लोगों के प्रति कर दिया। तुम सभी अपने पैरों पर खड़े हो, सब बहुएँ कुशल और सुशील हैं। बस एक बात का दुःख मुझे है—मैं तुम्हारी माँ को ख़ुश न रख सका, दोष मेरा था। बहरहाल काम पूरे हो चुके हैं और जीवन के इस चरण के समापन का समय आ गया है।"

सब लोग भवें सिकोड़कर उनकी ओर देखने लगे, किसी की समझ में नहीं आया कि उनका अभिप्राय क्या है। कनिष्ठ पुत्र औरों से अधिक हिम्मती था अतः उसी ने कहा, "बाबूजी, यह काहे का समापन का समय आ गया है? क्या कह रहे हैं आप?"

कुछ क्षण मौन रहने के पश्चात् शिवनारायन बोले, "मैं सब-कुछ तुम लोगों को सौंपने का इच्छुक हूँ।"

"हमारा तो सब है ही, आप सौंपने की क्या बात कर रहे हैं?" ज्येष्ठ पुत्र ने कहा।

"हाँ। है तो तुम्हीं लोगों का। परन्तु अब यह घर-सम्पत्ति, ज़मीन-जायदाद, घोड़ा-गाड़ी, यह कुछ भी मेरा न रहेगा।" शिवनारायन ने गम्भीरता से कहा।

"बाबूजी हम समझे नहीं! यह आप क्या कह रहे हैं?" छोटे पुत्र ने विस्मय से पूछा।

"मैं यह कह रहा हूँ कि कुछ दिनों में मेरी सारी सम्पत्ति तुम लोगों के नाम हो जायेगी। मेरे नाम पर कुछ नहीं रहेगा। एक बात और। वैसे मेरी जायदाद का बँटवारा तुम तीन के बीच होना था, परन्तु तुम्हारी माँ का दायित्व मुझे निभाना है। अतः बँटवारे का चौथा हिस्सा तुम्हारी माँ का होगा।"

पत्नी, पुत्र और पुत्र-वधू, सब स्तब्ध थे कि अचानक इस भरे-पूरे घर में विभाजन और हिस्सों का विषय कैसे उत्पन्न हो गया। अन्त में बड़ी बहू ने अपना घूँघट और नीचे की ओर घसीटा और मुड़कर खड़ी होकर धीरे से खाँसा। अर्थात् वह कुछ कहना चाहती थी। शिवनारायन ने उसकी ओर मुड़कर कहा, "हाँ, बहू, बोलो...।"

"बाबूजी, इस सबकी क्या आवश्यकता है? यहाँ किसी को कुछ नहीं चाहिए।" छोटी बहू भी बोल पड़ी, "आपके राज में सब सुख हम लोगों को मिल रहे हैं। हमारा कल्याण आपके संरक्षण में ही है। हमें अलग न कीजिए।"

बाबूजी कुछ दुःखद मुस्कराहट से बोले, "बहू, मैं तुम लोगों को अलग नहीं कर रहा। मैं अपने को मुक्त कर रहा हूँ।"

कोई कुछ न बोला। कुछ क्षणों के बाद उन्होंने कहा, "हाँ। बात तुम्हारी माँ की हो रही थी। मुझे इनसे पूछना है कि यह किस बेटे के साथ रहना पसन्द करेंगी। उसी लड़के को मैं दो हिस्से दूँगा, एक उसके लिए एक इनके लिए।"

श्रीमती जी ने इस प्रश्न का कोई उत्तर नहीं दिया, अगर देतीं तो औपचारिक न होता। अन्त में शिवनारायन ने स्वयं फ़ैसला कर लिया कि उनका हिस्सा छोटे पुत्र के खाते में जायेगा। आख़िर वह

उनकी कोख से जन्मा था और अन्त में उसी के साथ रहना उनके लिए स्वाभाविक भी होगा।

अब बड़े पुत्र ने पूछा, "यह सब करने के बाद आप स्वयं क्या करेंगे?"

शिवनारायन गम्भीरता से बोले, "तुम लोग समझ गये होगे कि मेरे लिए यह गृहस्थ जीवन का अन्त है। मुझे मोह, माया से छुटकारा लेना है।"

शिवनारायन सदा से अपनी मर्ज़ी के मालिक रहे थे। परिवार के लोग जानते थे कि उनके मुख से केवल निर्णय ही निकलते थे, परामर्श या बहस के शब्द कभी नहीं। उनका निर्णय हो चुका था, बदलाव की सम्भावना नहीं थी। वे घोषणा करके वहाँ से चल दिये, बाकी सब लोग ख़ामोशी से इस परिस्थिति का आंकलन करते रहे।

दस-पन्द्रह दिनों में जायदाद के बँटवारे के काग़ज़ात की रजिस्ट्री हो गयी। किसी पुत्र ने न काग़ज़ात देखे, न बँटवारे की बारीकियाँ जानने की कोशिश की। जब काग़ज़ात की प्रतिलिपियाँ उनको सौंपी गयीं तो दोनों छोटे भाइयों ने उन्हें बड़े भाई के हवाले कर दिया, यह कहकर कि वे जो ठीक समझें, करें। बड़े भाई भाव-विभोर होकर रोने लगे, माताजी होंठ भींचे, आँखे नीचे किये बरामदे के तख़्त पर ख़ामोश बैठी रहीं। घर के बाहर शिवनारायन मुक़दमों की फ़ेहरिस्त देख रहे थे। मुंशी जी हर मुवक्किल की फ़ाइल अलग-अलग ठीक कर रहे थे। नये मुक़दमे लेना शिवनारायन बन्द कर चुके थे। नये वादकारी से माफ़ी माँग लेते और कहते जिस वकील को अच्छा समझो, उसके पास चले जाओ। स्वयं किसी वकील की सिफ़ारिश कभी न करते, यहाँ तक कि अपने बेटे तक की नहीं। लम्बित मुकदमे उन्होंने अपने कनिष्ठ वकीलों को सौंप दिये और एकदम से अपने को हलका और स्वतन्त्र महसूस करने लगे।

अगले जीवन के लिए तैयारियाँ पूरी हो चली थीं। यहाँ तक कि गेरुआ कपड़े भी सिल, धुल, रंग होकर आ गये थे। रज़ाई का खोल और बिस्तर की चादर भी गेरुआ हो चुके थे। जिस दिन वे

पचास वर्ष के हुए, उन्होंने घर में कहला दिया कि शाम का भोजन घर के भीतर ही करेंगे। इस ख़बर से घर वालों ने एक-दूसरे की ओर अचम्भित होकर देखा, परन्तु ध्यान न दिया। उस समय में अधिकांश लोग अपनी जन्मतिथि से ही अनभिज्ञ होते थे, वर्षगाँठ आदि का महत्त्व तो बहुत दूर की बात थी। फिर भी क्योंकि वे अरसे बाद घर के भीतर भोजन करने वाले थे, सभी बहुओं ने एक-एक ख़ास व्यंजन उनके लिए बनाया। शिवनारायन ने बड़ी प्रसन्न मुद्रा में भोजन किया। वे बार-बार परिवार के सदस्यों को निहारते थे, बस चेहरे पर कभी-कभी वियोग के खेद की अभिव्यक्ति अवश्य लक्षित हो जाती थी। जाते समय अपनी टेंट से निकालकर सौ-सौ रुपये प्रत्येक बहू को दिये। इतना धन शायद आख़िरी बार उनके हाथों से जा रहा था।

दूसरे दिन प्रातः उठते ही पोशाकी नौकर को आवाज़ दी और नहाने के लिए पानी रखने का आदेश दिया। स्नान के बाद उन्होंने तत्परता से गेरुआ वस्त्र धारण किये, एक गेरुए गमछे में रामायण ग्रन्थ को बाँधा और कमरे के बाहर निकल पड़े। रज़ाई-गद्‌दा, दो चादर, दो गमछे, दो जोड़े कुर्ता-लुंगी पहले से बँधे रखे थे। इस बंडल को पोशाकी सिर पर रख उनके पीछे चल पड़ा। लगभग एक घंटा चलने पर दोनों लोग सुनसान इलाके में बसे एक आश्रम पर जा पहुँचे। इस स्थान पर उनके दूर के रिश्ते के एक भाई रहते थे जो पहले ही सब कुछ त्याग चुके थे। वे इस समय यज्ञ-शाला में ध्यान में लीन थे। शिवनारायन इन स्वामी के कक्ष के ऊपर बने कमरे में जा पहुँचे। बाहर रखी झाड़ू से स्वयं सफ़ाई में जुट गये, पोशाकी को घुड़ककर बाहर कर ही चुके थे। एक तख़्त के ऊपर बिस्तर बिछाया, रामायण को खुली अलमारी में स्थापित किया।

तत्पश्चात् शिवनारायन ने पोशाकी से कहा, "जाओ पोशाकी, अब तुम वापस जाओ।"

"मैं कहाँ जाऊँ?," पोशाकी बोला, "सेवा-टहल के लिए मैं यहीं रहूँगा।"

"नहीं पोशाकी, अब सेवा-टहल की आवश्यकता नहीं। जाओ...कभी-कभी आकर मिल लिया करना।"

तीस साल पुराना नौकर पोशाकी समझ रहा था कि मालिक से साथ छूटने का समय आ पहुँचा था। इसीलिए तो मालिक ने उसके लिए एक कमरे का प्रबन्ध कर दिया था, जहाँ वह जाड़े के मौसम में गजक बना सके और गर्मियों में ज़ीरा-पानी तैयार करके जीविका चला सके।

"पोशाकी, तुझे देने को मेरे पास कुछ नहीं है...अब मैं खाली हाथ...तू भी खाली हाथ। हाँ, घर लौट कर मेरे सारे वस्त्र तुम ले लेना। उस कमरे का सारा सामान तुम लेते जाना।"

पोशाकी कुछ देर हाथ बाँधे, सर झुकाये खड़ा रहा। फिर आँखें पोंछता हुआ ज़ीने से उतरकर चला गया।

उधर परिवार के सदस्यों को जब बाबूजी के ग़ायब होने की सूचना मिली तो उनको ढूँढ़ने के लिए योजना बनने लगी। इतने में पोशाकी लौट आया और सबको सुबह के क्रियाकलापों से अवगत कराने लगा। तुरन्त तीनों पुत्र मोटरगाड़ी में बैठकर आश्रम पहुँचे और बाबूजी को वापिस ले चलने के लिए मनाने लगे। यह सब एक औपचारिकता ही थी क्योंकि सब जानते थे कि बाबूजी के क़दम लौटते नहीं थे। अब इस नयी परिस्थिति में सबको अपना-अपना स्थान स्वयं तलाशना था।

* * * * *

शिवनारायन ने अपने को आश्रम की दिनचर्या में ढालना शुरू किया। प्रातः जंगल में शौच आदि के पश्चात् कमरे और छत की सफ़ाई-धुलाई, कुएँ से जल खींच कर स्नान, फिर रामायण का अध्ययन। स्वामी जी के शिष्य जो भोजन बनाते थे, उसी में से उनको भी मिल जाता था। सारा दिन अन्य ग्रन्थों के अध्ययन, स्वामी जी से वार्तालाप और अधिकांश समय पेड़ के नीचे बैठ कर आत्म-मन्थन में व्यतीत होता था। सायंकाल शौच आदि के बाद सादा भोजन, उसके बाद लालटेन की रौशनी में पढ़ना-लिखना, फिर

रात्रि विश्राम, दो माह इसी प्रकार से बीते। अपने पिछले जीवन के ऐशो-आराम, नौकरों की सेवा-टहल, स्वादिष्ट व्यंजन, युवा नारियों के आलिंगन अक्सर उनके स्मृति पटल पर आते रहे, परन्तु उन दैहिक विलासों में लौटने की इच्छा उनके मन में न हुई।

एक दिन यकायक उनको एक मुक़दमे के कुछ ख़ास पहलुओं का ध्यान आया। यदि उनके कनिष्ठ वकील ने उन मुद्दों को नज़रअन्दाज़ कर दिया तो मुवक्किल की बड़ी हानि हो सकती थी। अतः वे तुरन्त गेरुआ कपड़ों में, पैर में किरमिच का कत्थई जूता पहने, कचहरी की ओर चल दिये। काम समाप्त करके घूमते-घुमाते शहर के बीच होते हुए आश्रम वापस आ पहुँचे। तुरन्त कोठी पर सूचना पहुँच गयी कि किस तरह वे एक भिखारी साधु की भाँति पैदल चले जा रहे थे। सलाह-मशविरा के बाद फ़ैसला हुआ कि रोज़ सुबह ड्राइवर मोटरगाड़ी लेकर आश्रम पर जायेगा; बाबूजी को कहीं जाना हुआ तो कार से जायेंगे, नहीं तो ड्राइवर वापस आ जायेगा।

दूसरे दिन सुबह वर्षों पुराना ड्राइवर अहमदजान मोटर लेकर आश्रम पहुँचा। गाड़ी गेट पर खड़ी की और हॉर्न बजाया। शिवनारायन अपनी कार का हॉर्न पहचान गये, सोचा कि लड़के-बच्चे उनका हाल लेने आये होंगे। फिर भी वे कमरे में बैठे रहे, बिना किसी उत्सुकता के, जिसको मिलना होगा स्वयं आयेगा। उधर अहमदजान बाबूजी की खोज-ख़बर लेने के लिए बेताब हो रहा था। अतः झटपट सीढ़ी चढ़कर ऊपर आया। कमरे के दरवाज़े पर खड़ा होकर बाबूजी को फ़र्शी सलाम किया और सामने हाथ बाँधे आदेश के लिए ख़ामोश खड़ा रहा।

कुछ देर के पश्चात् बाबूजी बोले, "अहमदजान, कैसे आये?"

"हुज़ूर की खिदमत के लिए...," अदब और तहज़ीब में माहिर अहमदजान ने जवाब दिया।

"मगर, इतने दिनों बाद, आज ही क्यूँ?"

"सुना था कि हुज़ूर किसी काम से कल पैदल ही कचहरी निकल गये थे...।"

"तो?"

"सोचा कि हुज़ूर को क्या मालूम कब ज़रूरत पड़ जाये। इसलिए यह गाड़ी रोज़ाना यहीं हाज़िर रहेगी...," अहमदजान ने कहा।

"अहमदजान, मेरे बेटों ने तुम्हें यहाँ भेजा है?"

"हुज़ूर...मैंने भी ज़िन्दगी-भर आपका नमक खाया है...।"

बाबूजी कुछ देर मौन बैठकर सोचते रहे...बच्चों की हमदर्दी और फ़िक्र, उनके आराम और सुविधा के लिए उनके प्रयास, नौकरों का समर्पण और सेवा भाव...यह कितनों को नसीब होते थे? कितने लोग ऐसी लगन और श्रद्धा के पात्र होते थे। फिर भी, यह उनका अतीत था, वर्तमान या भविष्य नहीं...।

कुछ देर सोचते रहे, फिर बोले, "चलो, अहमदजान, तुम्हारी गाड़ी देखी जाये...।"

नीचे जाते समय शिवनारायन को उस मोटर गाड़ी और अहमदजान से जुड़े अपने जीवन के अनेकानेक रोष दिलाने वाले, परन्तु एक तरह से हास्यास्पद प्रसंगों की याद आ गयी। जब कभी उन्हें किसी आवश्यक कार्य से अथवा अंग्रेज़ साहिबान से भेंट करने जाना होता था तो समय की पाबन्दी बहुत ज़रूरी होती थी। आदत के अनुसार वे सारे इन्तज़ाम समय से कर लेते थे। ऐसे ही मौक़े अहमदजान को भी रास आते थे जब बाबूजी को जल्दी हो और ज़्यादा विस्तार में जाने का समय न हो। अतः ठीक घंटा-डेढ़ घंटा पहले कार को स्टार्ट करके चेक करने के बहाने अहमदजान कोई-न-कोई समस्या खड़ी कर देता था। कभी क्लच की बदनीयती, कभी एक्सीलरेटर का बेकाबू हो जाना, और कभी कारबोरेटर की धींगा-मुश्ती। बहरहाल गाड़ी का कोई-न-कोई अंग अवश्य जवाब देने लगता था। गाड़ी स्टार्ट हो होकर बन्द हो जाती थी। परेशान हाल, पसीने से लथपथ अहमदजान भागे हुए बाबूजी के सामने उपस्थित होते और कहते, "हुज़ूर...यह कमबख़्त कारबोरेटर...।"

अहमदजान को इससे अधिक कहने की आवश्यकता नहीं होती थी। इस आधुनिक सवारी के विषय में शिवनारायन सिफ़र थे। वे

केवल दरवाज़ा और सीट ही पहचान पाते थे। मजबूरी में कहते, "दूसरा मिल जायेगा समय से?"

"हुज़ूर! मर्ज़ मैंने पहचान लिया है। बस अभी गया और इसकी पिन लेकर अभी आया। कुछ...?"

शिवनारायन चुपचाप कुछ रुपये अहमदजान को पकड़ा देते। अहमदजान नया पुर्ज़ा दिखाने के लिए लाता, मगर हाथ की सफ़ाई से पुराने पुर्ज़े पर ही गाड़ी ठीक हो जाती और बाबूजी समय से पहुँच जाते। सारी बात आयी-गयी हो जाती। परन्तु एक दिन बाबूजी ने पूछ ही लिया—"अहमदजान, यह पिन कैसे बार-बार ख़राब हो जाती है?"

"क्या बताऊँ हुज़ूर," अहमदजान बोला, "मैंने इतनी गाड़ियाँ चलाई हैं मगर यह अमरीका वाले सही तरह से पिन बना ही नहीं पाते। पता नहीं क्या करते हैं? सोचता हूँ कि अगर नमूना दे दूँ तो इससे अच्छी पिन तो जग्गू लोहार ही बना देगा...।"

शिवनारायन चुप हो गये। वे किसी से राय भी नहीं ले सकते थे क्योंकि दूरदराज़ तक और कोई मोटरगाड़ी वाला था नहीं और मिस्त्री-ड्राइवर एक-दूसरे की पोल कभी खोलते नहीं थे। यदि किसी समकक्ष से पूछते तो वह सारी दुनिया में बक देता कि हज़ारों की गाड़ी तो रख ली है मगर सौ-पचास का ख़र्चा नहीं पचता...। बहरहाल अहमदजान की चाँदी थी। जिस समय में उसकी तनख़्वाह तीस रुपये महीने होती थी, तो हफ़्ते-दस दिन में पाँच-दस रुपये जेब में आना बुरा सौदा नहीं था।

परन्तु अब नीचे पहुँचकर बाबूजी ने मोटर को देखा, फिर अहमदजान को। धीरे-धीरे दोनों की एक परिक्रमा भी कर ली। फिर अचानक उस चमचमाती गाड़ी पर ज़ोर से एक लात मारी और बोले, "मैंने दुनिया छोड़ दी...तू मुझे मोटरगाड़ी दिखाता है...जा भाग...अब कभी इसे यहाँ न लाना....।"

बाबूजी आश्रम में लौट गये। अहमदजान कुछ देर खड़ा सोचता रहा, फिर गाड़ी वापस ले गया। आश्रम में एक साल व्यतीत हो चुका था। शिवनारायन को लगा कि वे स्वामी जी के आश्रित हैं,

उन्हीं के स्थान पर विराजमान, उन्हीं के अन्न पर जीवित। अब वे इस पराश्रितता से मुक्त होने के लिए आतुर हो रहे थे। वर्षों पहले उन्होंने एक ज़मींदार का मुक़दमा लिया था जिसमें जीतने की स्थिति में उनको शहर से लगभग दो मील की दूरी पर एक छोटा बाग मेहनताने स्वरूप मिलना था। संयोगवश मुक़दमे का फ़ैसला हो गया और मुवक्किल ने वह बाग़ ख़ुशी से उन्हें भेंट कर दिया। इस बाग के कोने में एक छोटा शिव-मन्दिर था, साथ में एक बरामदा और बरामदे के ऊपर एक कमरा बना हुआ था। शिवनारायन उसे देखते ही मुग्ध हो गये और तुरन्त स्वामी जी से प्रस्थान करने की आज्ञा माँग बैठे। स्वामी जी के लिए उनका रहना अथवा जाना एक समान था, फिर भी उन्होंने कुछ दिन के लिए भोजन-सामग्री उनके साथ भेज दी। एक तवा, एक बटुई, एक थाली, लोटा-बाल्टी के साथ एक शिष्य को उनकी सेवा के लिए साथ कर दिया। एक सप्ताह में शिष्य की मदद से आश्रम और बाग़ की सफ़ाई हो गयी और फिर शिवनारायन ने उस बालक को आशीर्वाद देकर वापस भेज दिया। अब वे अकेले थे, एकान्त में थे, और अपनी निर्धारित राह पर चलने के लिए सारी व्यवस्था कर चुके थे। जिस प्रकार अभी तक जीवन-मार्ग के रोड़े हटाते हुए वे आगे बढ़ते चले आये थे उसी प्रकार इस अवस्था में विरक्ति, अध्यात्म और अन्त में ब्रह्मलीनता तक पहुँचने में उन्हें किन्हीं विशेष बाधाओं, अवरोधों की चिन्ता नहीं थी। वे दृढ़-निश्चयी थे और आत्म बल के सहारे मंज़िल तक पहुँचने की सामर्थ्य से अपने को भरपूर समझते थे। परन्तु देह भोग-विलास माँगती है, बुद्धि विरक्ति। मोह माया कब, किस वेश में प्रकट हो जाये और मनुष्य को कहाँ घसीट ले जाये, कौन जानता है? आख़िर प्रकृति भी तो उन्हीं का रूप है।

* * * * *

नये स्थान पर आकर शिवनारायन की दिनचर्या लगभग वैसी ही थी जैसी स्वामी जी के आश्रम पर। भोजन अवश्य स्वयं ही पकाना होता था। कुछ दिनों तक जोश में सब कुछ होता रहा परन्तु

जो हाथ और देह इस प्रकार के कार्यों के अभ्यस्त हो चुके थे उन्हें अब यही रोज़मर्रा के काम बोझ लगने लगे। धूल-मिट्टी अधिक एकत्रित हो जाये तो बुहारना तो पड़ता ही था। परन्तु तीन समय का भोजन आवश्यक नहीं था। अतः धीरे-धीरे दिन में एक बार ही चूल्हा जलने लगा। कुछ और दिन बीते तो शिवनारायन आश्रम में ठहरने वाले पथिकों की राह अक्सर देखने लगे। शहर में अपने कार्यवश आने वाले लोग अक्सर किसी मन्दिर या बाग़ को तलाश लेते थे जहाँ रुककर वे नहाते-धोते और सूखी लकड़ी बीनकर चूल्हा जलाते और अपनी टोली के लिए भोजन पकाते। शिवनारायन ऐसे राहगीरों की प्रतीक्षा में रहते। गेरुआ वस्त्रों में उनको भोजन की भेंट होनी ही थी। उनका स्वाभिमान उनको स्वयं भिक्षा माँगने से अभी रोकता था।

परन्तु ऐसे भी दिन आते थे जब कोई पथिक उधर से गुज़रता नहीं था। अक्सर शिवनारायन भूखे रह जाते थे। राहगीरों के न आने से उनको एकान्त भी सताने लगता था, न कोई पास बैठने वाला, न दो शब्द बोलने वाला। आख़िर चिन्तन-मनन, ध्यान से कुछ देर का अवकाश अनिवार्य होता है। इसी कारण जब उनका मन एकान्त से ऊब जाता तो वे मन्दिर के बाहर निकल पड़ते थे। उनके पाँव ख़ुद-ब-ख़ुद उनको कचहरी की ओर ले जाते थे। इस चिर-परिचित वातावरण में वे अपनापन महसूस करते थे। वकील और मुंशी लोग उन्हें पहचान लेते और कुछ देर बैठने का आग्रह करते। वे उन्हें जलपान भी कराते जो शिवनारायन बड़े चाव से और भर पेट करते। इससे दिन भर के लिए उनकी भोजन की समस्या का भी समाधान हो जाया करता था।

समय से पर्याप्त भोजन न मिल पाने से शिवनारायन क्षीण हो चले थे। वकालतख़ाने में अपने पुराने स्थान पर वे अक्सर एक कुर्सी पर ऊँघते हुए दिखाई देते थे। जब कई दिन लगातार वे इस अवस्था में दिखे तो ज़िक्र जज साहब के चेम्बर तक पहुँचा। जज इन्द्र बहादुर सिंह अपने पिछले कार्यकाल में इसी जनपद में मुंसिफ़

के पद पर रह चुके थे। उस समय शिवनारायन उठते हुए वकील थे और प्रत्येक कोर्ट में उनकी धाक थी। मुंसिफ़ इन्द्र बहादुर सिंह उनकी कानूनी क्षमता से प्रभावित थे और प्रोन्नति पर आने के बाद उन्होंने शिवनारायन वकील की कुशल-क्षेम भी दरियाफ़्त की, और बड़े विस्मित होकर उनकी वर्तमान स्थिति का विवरण सुना। एक क्षीण-हीन साधु के वेश में बाबू शिवनारायन का रोज़ आकर अपनी पुरानी जगह पर बैठा रहना, किसी से कुछ न कहना, कुछ न माँगना, परन्तु अर्पित किया गया खाद्य पदार्थ तुरन्त स्वीकार कर लेना—यह सब जज साहब को कुछ अटपटा सा लगा और वे वकील साहब से भेंट करने की इच्छा व्यक्त कर बैठे।

इजलास उठते ही एक-दो पुराने वकील शिवनारायन को आग्रह करके जज साहब के चेम्बर में ले आये। अन्दर घुसते ही शिवनारायन ने जज साहब को पहचान लिया, पुरानी यादें ताज़ा हुईं—उनके इजलास की जीतें, कुछ हारें, जज साहब की सूक्ष्म बुद्धि, उनकी व्यंग्य से भरी टिप्पणियाँ, और सदैव वकीलों के प्रति आदर-भाव। तुरन्त शिवनारायन ने पिछले दिनों की भाँति झुककर सलाम किया और सामने हाथ बाँधे खड़े रहे। जज साहब अपनी मेज़ के सामने की ओर आये और उनके हाथ अपने हाथों में लेकर कुछ देर खड़े रहे, फिर आदर से कुर्सी पर बैठाया।

जज साहब शिवनारायन के विषय में काफ़ी कुछ सुन चुके थे। अपने मन में उन्होंने उनके बारे में एक अनुमान भी लगा लिया था। अब सामने बैठी इस क्षीण काया को देखकर उनका अनुमान दृढ़ हो गया। एक क़ाबिल, सफल वकील अपने पूरे होशो-हवास में जीवन प्रवाह से अलग होकर विरक्ति के रास्ते चल पड़ा था। उसने स्वेच्छा से सब कुछ जो भौतिक था, त्याग दिया था। परन्तु स्वाभिमान, जो उसके व्यक्तित्व में भरा था, वह त्यागते न बन रहा था। अहं न उसे कुछ लेने देता था, न कुछ माँगने देता था। यही कारण था उन फटे-पुराने वस्त्रों में भूख से जर्जर उस काया का उनके सामने प्रकट होने का।

कुशल-क्षेम की औपचारिक बातें हुईं। शिवनारायन ने जज साहब के परिवार की कुशलता पूछी, उनके पिछले कार्यकाल के एक-दो रोमांचक संस्मरण सुनाये। इधर-उधर की बातों के बीच जज साहब सूक्ष्मता से विचार करने लगे कि किस प्रकार इस पुराने वकील, परन्तु नये प्रकार के साधु की मदद की जाये जिससे उसको दो जून की रोटी मयस्सर होती रहे और उसका आत्म-सम्मान भी बरकरार रहे। निष्कर्ष पर पहुँचकर उन्होंने बात शुरू की।

जज साहब—"आप अच्छा करते हैं जो रोज़ टहलते हुए इधर आ जाते हैं। पूजा-पाठ चौबीस घंटे तो चलता न होगा।"

शिवनारायन—"जी हाँ, थोड़ा व्यायाम भी हो जाता है और पुराने लोगों से भेंट भी। स्मृतियों की स्लेट एकदम से साफ़ भी नहीं की जा सकती।"

जज साहब—"हम लोग आपको हर रोज़ यहाँ देखना चाहते हैं। इसलिए आपको एक छोटे से बन्धन में बाँधना चाहते हैं। अधिक कुछ नहीं, केवल एक-आध घंटे का समय दे दिया कीजिए। आपकी उपस्थिति से हर्ष भी होगा और लाभ भी। कानून के विषय में आज भी आप हम लोगों को राह दिखा सकते हैं।"

शिवनारायन—"हुज़ूर का आदेश सिर-आँखों पर। फिर भी किसी बन्धन में न डालिएगा।"

जज साहब—"नहीं, कोई ख़ास बन्धन नहीं होगा। बस घंटे, आध-घंटे के लिए आ जाया करें। समय की भी पाबन्दी नहीं है। आप जानते हैं कि नोटरी वाले वर्मा जी वृद्ध हो चले हैं, काम पूरा सँभाल नहीं पाते। आप थोड़ा सा हाथ बँटायें तो...।"

शिवनारायन ने असमंजस से कहा, "हुज़ूर, मगर फिर वापस...।"

जज साहब ने बीच में रोकते हुए कहा, "नहीं यह तो सिर्फ़ एक बहाना है। आपको नोटरी नियुक्त करके हम लोग अपने बीच आपकी उपस्थिति सुनिश्चित कर रहे हैं। अब 'न' मत कहियेगा।"

पुरानी मानसिकता अभी भी प्रबल थी। वे जज साहब का आदेश टाल न पाये। दूसरे दिन से वे दोपहर को आकर वर्मा जी के

तख़्ते पर पहुँच जाते और एक-दो घंटे बैठते। चलते समय वर्मा जी उनकी जेब में कुछ रुपये डाल देते और आदर से विदा करते। जज साहब और वर्मा जी में पहले ही परामर्श हो चुका था। शिवनारायन के आत्म-सम्मान के लिए आवश्यक था कि उनके भोजन के लिए पाँच-सात रुपये रोज़ाना उन्हें अवश्य मिलते रहें। वर्मा जी उनसे दो-चार शपथ-पत्र पर हस्ताक्षर करवा लेते और रुपये उनको सौंप देते। पहले दिन रुपये हाथ में आये तो वे विचार करने लगे कि इनका क्या उपयोग किया जाय। भोजन की सामग्री लें या फटा जूता टँकवायें? चलते-चलते एक दुकान पर बताशे दिखे तो एक पाव ले लिए। एक बताशा मुँह में रखा ही था कि कुछ बच्चे उन्हें घेरकर खड़े हो गये। बच्चों के प्रसन्न हाथों में खाने की कोई वस्तु रखकर उनके चेहरों की चमक देखे भी उनको कई वर्ष हो चुके थे। अब उन्होंने बताशे बाँटना शुरू किया। और भी छोटे-छोटे बच्चे उनकी ओर हाथ फैलाए दौड़े। उन्होंने किसी को निराश नहीं किया और स्वयं एक अद्‌भुत आनन्द का स्वाद लेते आगे बढ़ गये।

उनके आश्रम पर आने वाले ग्रामीण पथिक प्रायः गरीब ही होते थे। अधिकांश सत्तू से पेट भर लेते थे। कोई-कोई आटे की भौरी और आलू की व्यवस्था भी रखते थे। शिवनारायन सबसे निर्बल, दीन-हीन दिखने वाले एक-दो व्यक्तियों को बुलाते और कुछ पैसे देकर आटा, दाल, नोन, तेल लाने भेज देते। वे सहर्ष खाना पकाते, स्वयं खाते और शिवनारायन बाबा को खिलाते, आश्रम की झाड़ू-बुहार भी करते। बाबा का यश फैलता गया, उनके आश्रम में सदा कोई न कोई मौजूद रहता और बाबा की सेवा करता। इसी क्रम में एक अधेड़ उम्र का ब्राह्मण आश्रम आ पहुँचा। अपनी सेवा और वाक्-चातुर्य से वह बाबा के नज़दीक हो गया। दीनता का स्वाँग रचना तो उसकी फ़ितरत में था। रोज़ बाबा से पैसे लेकर बाज़ार जाता और सौदा लाता। अन्य यात्रियों से भी उनका बचा-खुचा अनाज ले लेता। जहाँ भी दो अथवा उससे अधिक मनुष्य हों तो सामाजिक क्रम और श्रेणी स्वयं ही स्थापित हो जाती है; जैसे डाकुओं

के गिरोह में सरदार और अनुगामी, जैसे साधु और चेले, और चेलों में भी करीबी और सामान्य। मतलब यह कि पंडित अब बाबा का विशिष्ट अनुयायी बन बैठा था। भोजन व्यवस्था उसके हाथ में थी, अपना बीड़ी-चिलम का ख़र्च भी मज़े से निकाल लेता था।

एक दिन पंडित ने कहा, "बाबा, बाग़ की देख-रेख ठीक से नहीं हो पाती है। सारा समय आश्रम की साफ़-सफ़ाई और भोजन-व्यवस्था में निकल जाता है। फिर इतने यात्रियों को भी देखना पड़ता है। बाग़ की निराई-गोड़ाई तो दूर पौधों को पर्याप्त पानी भी नहीं मिल पाता है।"

बाबा बोले, "इतने लोग तो यहाँ ठहरते हैं। क्या दो-चार बाल्टी पानी भी कुएँ से नहीं खींच सकते?"

पंडित—"बाबा आप स्वयं देखते हैं कि यहाँ अधिकतर वृद्ध, निर्बल लोग ही दिखते हैं। इनके बस की बात नहीं।"

बाबा शान्त बैठकर विचार करने लगे। सोचा कि स्वयं पंडित का हाथ बँटाया जाय। कुछ देर पश्चात् पंडित ने कहा, "बाबा, सोचता हूँ कि मेरी तरह का एक और प्राणी यहाँ पड़ा रहे तो सारा काम चल जायेगा।"

बाबा अपने ऊपर किसी प्रकार का दायित्व नहीं लेना चाहते थे। इस समय वे स्वतन्त्र थे, चाहे कोई आश्रम में रहे या न रहे, खाने के लिए है तो खाये, नहीं है तो अपनी व्यवस्था स्वयं करे। परन्तु किसी को बुलाकर रखने का अर्थ और ही था। उस दशा में उनको उसकी देख-रेख की ज़िम्मेदारी लेनी पड़ेगी, एक प्रकार से स्वयं को बन्धन में डालना होगा। इसलिए बाबा चुप बैठे रहे।

पंडित ने सोचा कि बाबा अधिक ख़र्च करने से घबरा रहे हैं। तत्परता से बोला, "बाबा, हमें करना क्या है? दो जून की रोटी ही तो चाहिए। वैसे भी बेचारी दो हड्डी की जान है, क्या खा लेगी? इतना तो मुसाफ़िर ही फेंक देते हैं। ब्राह्मणी है, सेवा करेगी तो स्वयं कपड़ा-लत्ता भी पा लेगी।"

शिवनारायन ने सुना तो अवश्य कि बात एक स्त्री को लाने

की हो रही थी, परन्तु उनकी चुप्पी और शान्त मुद्रा से यह स्पष्ट न हो सका कि इसमें उनकी रज़ामन्दी थी या नहीं। कुछ दिनों बाद किसी आवश्यक कार्य के बहाने पंडित एक दिन की छुट्टी लेकर गया। वापस आया तो बाबा के चरण-स्पर्श के लिए पहुँचा, उसके पीछे एक पतली-दुबली स्त्री लम्बा घूँघट काढ़े आगे आयी और बाबा के चरणों में नतमस्तक हुई। बाबा स्वाभाविक रूप से हाथ उठाकर आशीर्वाद दे बैठे। बड़ी असमंजस की स्थिति थी, वे किसी निर्णय पर नहीं पहुँच पा रहे थे, अतः उस स्त्री के आश्रम में रहने या न रहने के विषय में कुछ न बोले। पंडित इशारे से उसे उठा ले गया। उस रात पंडितानी ने भोजन पकाया और पंडित थाली में रोटी, सब्ज़ी बाबा को खिलाने ले गया। आज का भोजन स्वादिष्ट अवश्य था।

पंडित के निर्देशन में शीला देवी ने आश्रम के निचले भाग की व्यवस्था अपने हाथ ली। बरामदे के बाहर दीवार के सहारे एक नया चूल्हा लीप-पोत कर तैयार किया। बाबा और पंडित के लिए भोजन वही बनाती थी। यदि किसी आगन्तुक ने सीधा सौंप कर भोजन बनाने का आग्रह किया तो उसके लिए भी एक ख़ुराक खाना बना देती थी। पंडित आपत्ति नहीं करते थे क्योंकि इस व्यवस्था में लाभ की गुंजाइश अधिक होती थी। अभी तक बाबा के कमरे और छत की सफ़ाई पंडित स्वयं करता था। मगर कुछ दिन बीतने पर जब बाबा नीचे बाग में होते तो वह ऊँची आवाज़ में शीला को पुकार कर बाबा का कक्ष साफ़ करने भेज देता था। थोड़े ही समय में उसने छत की सफ़ाई भी पूर्ण रूप से शीला के हाथ सौंप दी। अब चाहे बाबा कक्ष में हों या न हों, शीला बेधड़क वहाँ जाकर झाड़-पोंछ कर आती, बाबा का बिस्तर ठीक करती, उनकी सुराही में पानी रखती, यहाँ तक कि उनके वस्त्र भी धो देती।

इस स्त्री के आश्रम आने पर बाबा की मौन स्वीकृति का कारण सम्भवतः यह था कि वे एक दम्पति को बेवजह अलग नहीं करना चाहते थे। इसीलिए वह शीला की ओर झाँकते तक नहीं थे, न उससे कोई बात करते थे। परन्तु जब से वह उनके कक्ष में आने लगी वे

उसको देखने और उसके विषय में सोचने को मजबूर होने लगे। पंडित और इस महिला की उम्र में कुछ अधिक ही अन्तर दिखता था। वह सिन्दूर तो लगाती थी, हाथ में चूड़ी भी पहनती, परन्तु उसमें एक पत्नी जैसा आत्म-समर्पण न था। एक सूक्ष्म अधीनस्थता तो अवश्य थी परन्तु चेहरे पर एक विवाहिता के मृदुल आत्मविश्वास की आभा न थी। पंडित-पंडितानी की आपसी तकरार बाबा के कानों में अक्सर पड़ जाती थी। उसके तानों एवं व्यंग्यात्मक कटाक्षों से बाबा को लगने लगा था कि सम्भवतः शीला पंडित की विवाहिता न थी। उसमें दाम्पत्य का संकुचित, लज्जाशील गर्व न था, बल्कि कुछ अल्हड़पन की शोख़ी थी। वैसे भी वह गौर वर्ण, लम्बी-छरहरी काया की धनी थी, विकसित वक्ष-स्थल और नितम्ब उसके नारीत्व को और भी उजागर करते थे। न चाह कर भी बाबा की दृष्टि उस पर केन्द्रित हो ही जाती थी।

शीला ने भी बाबा के विषय में काफ़ी कुछ सुन रखा था—एक धनी व्यक्ति, आला वकील, नवाबों की संगत करने वाला और उन्हीं की तरह जीवन का रस भोगने वाला अब सब कुछ छोड़-छाड़ कर इस रूप में एक जर्जर आश्रम में दिन काट रहा था। शीला के लिए बाबा एक कौतूहल का विषय बन गये थे। वह आश्रम में आने वालों के साथ बाबा का वार्तालाप भी ध्यान से सुनती थी। बाबा की गूँजती आवाज़, उनके नपे-तुले शब्दों की मिठास, कभी व्यंग्य से भरी बातें, कभी पारलौकिक विषयों पर छोटा-सा व्याख्यान, यह सब उसे बाबा की ओर आकर्षित करता था और उसका मन होता था कि वह निरन्तर उनके इर्द-गिर्द बनी रहे। वह पढ़ी-लिखी तो अधिक न थी परन्तु उसके संस्कार, उसकी वर्तमान अवस्था और श्रेणी से ऊपर प्रतीत होते थे। लगता था कि पंडित उसकी विवशता है, वाणी सौजन्य, संवेदनशीलता में उसके सम-तुल्य नहीं। शीला का अपनी स्थिति से ऊपर उठने का प्रयत्न स्वाभाविक था। वह स्वयं बाबा का भोजन परोस कर लाती और उनके समक्ष खड़ी होकर दो-चार बातें भी कर लेती। सौन्दर्य और लावण्य से कोई अछूता

नहीं रह पाता है। और यदि कोई युवा स्त्री इन गुणों से सुशोभित हो तो उससे मुँह मोड़ना किसी के बस में नहीं। बाबा भी उसकी सेवा, उसकी वाणी, उसके कौतूहल और जिज्ञासा भरे नेत्र, उसके चेहरे की आभा इन सबसे प्रभावित होने से बच न सके। वे उसकी ओर खिंचते चले गये, दिन-ब-दिन उनकी आँखें उसको तलाशने लगीं। एक दिन भोजन के उपरान्त बाबा ने पूछा, "कितने दिन हो गये पंडित के साथ तुम्हारे विवाह को?"

शीला मुँह नीचे किए खड़ी रही, कोई उत्तर न दिया। बाबा ने कुछ समय सोचने के पश्चात् कहा, "अच्छा। कोई बात नहीं। अपने पति के साथ कितने दिनों रहीं?"

शीला का चेहरा लाल हो चला था। बाबा के सवाल अप्रत्याशित थे, वह लज्जा और संकोच से दबी जा रही थी। परन्तु उत्तर तो देना ही था। बोली—"डेढ़ दो साल।"

बाबा—"वहाँ से क्यों चली आयीं?"

इतने में पंडित के आने की आहट सुनी तो वह तुरन्त भोजन की थाली उठाकर वहाँ से चल दी। दो-चार दिन बाद एकान्त में बाबा ने फिर वही प्रश्न दोहराया। थोड़ा हिचककर वह बोली, "सन्देह और अविश्वास...।"

उसके स्पष्ट, संक्षिप्त उत्तर से बाबा और भी प्रभावित हुए, इन दो शब्दों के उत्तर ने उसकी विचारशीलता और निष्कर्ष पर पहुँचने की शक्ति को उजागर किया था जो बाबा के संज्ञान में एक प्रज्ञावान मस्तिष्क की देन थी। बाबा उत्सुकता से प्रश्न करते गये, शीला निःसंकोच परन्तु नपे-तुले शब्दों में उत्तर देती गयी।

एक चंचल, ऊर्जा से भरपूर, हँसती-हँसाती स्वतन्त्र पंक्षी की तरह मायके में इधर से उधर फुदकती हुई यौवना जब गौने के बाद ससुराल पहुँची तो उसे लगा जैसे पर कतर कर चिड़िया को पिंजरे में बन्द कर दिया गया हो। कारण था कि वह अकेली नहीं रह सकती थी, उसको हर समय कोई न कोई हँसने-बोलने वाला चाहिए था। घर में एक सास, एक जेठानी, दोनों निहायत गम्भीर और काम के

अलावा कोई बात न करने वाली। चूल्हा-चौका तो शीला मिनटों में निपटा लेती थी, उसके बाद उसकी समझ में नहीं आता था कि क्या करे। क़िस्से कहानियों के रिसालों से जेठानी चिढ़ती थीं। वे अनपढ़ थीं और सास को समझा देती थीं कि ऐसी पत्रिकाएँ अश्लीलता से भरी होती हैं। घर के नाऊ, कहार, धोबी आदि ही ऐसे होते थे जिनसे वह बतिया लेती थी। परन्तु जब वह युवा चमारिन पुसिया से हँस-हँस कर बातें करने लगी तो सास जी को अच्छा न लगा। बेचारी पुसिया पर बेवजह डाँट पड़ने लगी, अतः वह जल्दी से दालें, धान कूट पीस कर घर भागने में ही अपनी भलाई समझती थी।

ससुराल में मन लगाने के लिए शीला के पास एक ही उपाय बचा था। वह था अपने पति के साथ अधिक से अधिक समय बिताने का। मनोहर बाबू प्राइमरी स्कूल में मास्टर थे। अच्छे डील-डौल के सुन्दर जवान थे, परन्तु ज़रूरत से ज़्यादा शान्त और नीरस। जैसे ही साथ होते, शीला बातें करना शुरू कर देती। सास, ससुर, जेठानी, घर में काम करने वालों, सबके विषय में सारी दिनचर्या और छोटी से छोटी बात वह मनोहर को बखान करती और हँस-हँस कर सबकी नकल उतारती। शुरू में उनको यह बातें बड़ी रुचिकर लगती थीं और वे मन्द मुस्कान के साथ शीला की वाणी और चंचल अदाओं का आनन्द लेते थे। स्वयं वे अल्पवादी थे, अपनी मास्टरी की दिनचर्या अथवा गाँव-देहात की बातें शीला के पूछने पर भी नहीं बताते थे। धीरे-धीरे मन बहलाने का यह स्रोत भी क्षीण होने लगा। शीला की चपल बातों का अभिनन्दन मनोहर अधिकतर जम्हाई से ही करने लगे थे। अपने विवाहित और आपसी आनन्द बनाये रखने के लिए शीला ने एक और रास्ता तलाश करना शुरू किया। मनोहर एक किसी भी युवा दम्पति की तरह अपनी पत्नी के प्रति शारीरिक जिज्ञासा से भरपूर थे और पत्नी के साथ एकान्त का समय अपनी इच्छाओं की तृप्ति में ही व्यतीत करना पसन्द करते थे। प्रारम्भिक लाज और संकोच घटने के साथ शीला भी इन क्रिया-कलापों का आनन्द लेने लगी थी। मनोहर की शारीरिक लिप्सा को प्रेम समझ

कर वह और भी उदारता से आत्म-समर्पण करने लगी। घर और परिवार के वातावरण में जैसे-जैसे रूखापन बढ़ता गया, वैसे-वैसे स्त्री-पुरुष के शारीरिक सम्बन्ध उसकी दिनचर्या का एकमात्र रोचक पहलू बनते गये। यहाँ तक कि यदि कभी मनोहर थके-माँदे होते तो वह स्वयं पहल करती और उनको विश्राम न करने देती। पहले तो मनोहर उसकी पहल से प्रफुल्लित होकर आनन्दमय हो जाते थे, परन्तु कुछ समय बाद यही बात उनको अटपटी लगने लगी। उनके संज्ञान में स्त्री की ओर से ऐसी दिलचस्पी कुछ अस्वाभाविक सी थी। पहल करना तो पुरुष का काम था, स्त्री का केवल समर्पण करना। हाँ थोड़ी बहुत गर्मजोशी स्वीकार्य थी, सुखद भी, परन्तु पुरुष-जैसी पहल तो सोचने के लिए मजबूर करने वाली थी। मनोहर बोलते कम थे, सोचते ज़्यादा। एक बार शंका ने मन में घर कर लिया तो चौबीस घंटे वे उसी उधेड़-बुन में लगे रहते। शीला से बात करते तो केवल उसके विवाह के पूर्व के जीवन के विषय में। ससुराल पक्ष के सदस्यों से भेंट होती तो भी उनके प्रश्न शीला के मायके के क्रिया-कलापों के विषय में ही होते कि वह किस-किस से मिलती थी, आस-पड़ोस के युवाओं या सहेलियों के भाइयों आदि से उसके सम्बन्ध किस प्रकार के थे, आदि-आदि, जैसे वे कोई सूत्र तलाश रहे हों जो उसकी यौन सम्बन्धी अग्रसरता पर प्रकाश डाल सके। जो काम वह पति को प्रसन्न करने और उनको अपने निकटतग रखने के लिए कर रही थी, अन्त में पति की नासमझी और सन्देह की प्रवृत्ति ने उसी तन्मयता को उसके विषाद का कारण बना दिया। जैसे ही वह पास आकर उनसे चिपटती, वे उसको झिड़क देते थे, कई-कई दिन पति-पत्नी एक-दूसरे को छूते तक न थे। शीला चकित थी, पतिदेव उसकी उत्कृष्ट कामुक सेवा तक से प्रसन्न नहीं थे बल्कि उसके लिए उसे दुत्कार तक देते थे। वह सहमकर उनसे दूर रहने लगी। महीने-पन्द्रह दिन में जब पति को उसकी निकटता की आवश्यकता होती तो भी वह अपने को रोके रहती इस भय से कि कहीं उसकी तत्परता उनकी चित्तवृत्ति को भंग न कर दे। वह एक

निर्जीव की भाँति आत्म-समर्पण करने लगी थी, या यह कहा जाये कि किसी प्रकार की बाधा या ना-नुकुर नहीं करती थी। अपनी तुनकमिजाज़ी में पतिदेव अब उसकी इस अभिवृत्ति को अपने प्रति उदासीनता समझ बैठे, और इसके कारणों को उसकी अन्य मर्दों के प्रति सम्भावित आसक्तता में खोजने लगे। शीला हर दिशा से अपने को तिरस्कृत पाकर कुम्हलाई जा रही थी। उसका बहिर्मुखी व्यक्तित्व परिवार के सदस्यों के विरोधाभास और पति की विरक्ति से घुटा जा रहा था। इस घुटन से राहत पाने के लिए उसने आस-पड़ोस के बच्चों से निकटता बढ़ाई और अपना खाली समय उनके साथ खेलने और बतियाने में व्यतीत करने लगी। उसकी संवेदनशील प्रवृत्ति, मृदुभाषिता और सम्मोहकता बड़े बच्चों को भी आकर्षित करने लगी। यहाँ तक कि मुहल्ले की युवा लड़कियाँ और लड़के भी उससे बतियाने को लालायित रहने लगे। धीरे-धीरे वे निजी विचार और समस्याएँ भी उसके समक्ष प्रस्तुत करने लगे। सास-जेठानी को उसकी आकर्षक छवि पहले ही से नागवार थी, उसकी लोकप्रियता उनकी बर्दाश्त के बाहर हो चली। मनोहर के कानों में शिकायतें और जली-कटी टीका-टिप्पणियाँ पड़ने लगीं। एक शाम को जब वह घर का कूड़ा फेंकने गली में निकली तो उधर से जा रहा पड़ोस का एक युवक रुका और अपने झोले से एक पुस्तक निकालकर उसको देने लगा। पुस्तक के विषय में दोनों में बातचीत हुई और जैसे ही शीला प्रसन्न मुद्रा में उस युवक को धन्यवाद दे रही थी, मनोहर को कमरे के पर्दे की आड़ से वह दृश्य दिखा दिया गया। मनोहर के ओंठ भिंच गये, भृकुटि तन गयी। आदत के अनुसार वे बोले कुछ नहीं, पलँग पर आँखें बन्द करके लेट गये और बेवफ़ाई के सन्देह की आग में जलने लगे।

शीला बिल्कुल अकेली पड़ गयी थी। कई-कई दिन किसी से बातचीत तक न होती थी। इस दशा में मायके से बुलावा आया, वह तुरन्त जाने के लिए उत्सुक हो गयी, मनोहर ने आज्ञा देने में औपचारिक विलम्ब तक नहीं किया जैसे उसको घर से बाहर करने

के लिए वे भी जल्दी में थे। उसके पश्चात् कई महीनों तक उसकी ख़बर नहीं ली गयी, न वापसी के लिए कहलवाया गया। एक साल बीतने पर उसके बड़े भाई ससुराल का हाल-चाल लेने पहुँचे तो सास ने स्पष्ट कर दिया कि बहू को घर लाने की कोई जल्दी नहीं थी। मनोहर ने भी अपनी उदासीनता उजागर कर दी, परन्तु पत्नी से खिन्नता का कोई कारण स्पष्ट नहीं किया। छः माह और बीतने पर भी जब कोई सन्देश या संकेत न मिला तो मायके वाले समझ गये कि अलगाव पक्का हो चला है। समाज में कन्या का भविष्य घर-गृहस्थी के सन्दर्भ में ही आँका जाता है। अतः यदि कन्या किसी कारणवश अपनी घर-गृहस्थी से वंचित हो जाये तो उसकी उपयोगिता, उसका महत्त्व, मायके में भी देखते-देखते ही फुर्र हो जाता है। सवर्ण घरों में ऐसी स्त्री खेत-खलिहान के लायक भी नहीं होती और बहुत जल्द परिवार पर बोझ बन जाती है। ऐसा आभास होते ही शीला अपने अवहेलना और तिरस्कार पूर्ण जीवन से छुटकारा पाने के लिए व्याकुल हो चली। इसी समय उसके जीवन में पंडित का आगमन हुआ।

पंडित इसी गाँव के थे और अविवाहित थे। रहते किसी दूर शहर में थे मगर करते क्या थे किसी को मालूम न था। हाँ, जब गाँव आते तो कपड़े बड़े शानदार पहनते और बातचीत मज़ेदार करते। शीला के भाई के साथ पाठशाला में पढ़ चुके थे और जब भी गाँव जाते तो दो-चार चक्कर तो इस घर के अवश्य लगाया करते थे। इस बार शीला को वहाँ देखकर माजरा भाँपने में उन्हें समय नहीं लगा। शीला को एकान्त में पाने के लक्ष्य से वे समय बदल-बदल कर आने लगे और उससे बतियाने भी लगे। शहर जाने के पश्चात् वे एक ही महीने में फिर लौट आये। तीसरी बार जब वे इसी प्रकार लौटे तो शीला के परिवार के सामने उसे शहर के एक स्कूल में छात्राओं की देखभाल के लिए नौकरी का प्रस्ताव रख दिया। भाई असमंजस में थे, परन्तु भाभी पीछा छुड़ाना चाहती थीं। उन्हें अपने बच्चों, अपनी गृहस्थी को देखना था। इतने प्राणियों के संसार में

आख़िर वे किस-किस का भला-बुरा सोचतीं। शीला भी उपेक्षा और तिरस्कार के जीवन से ऊब चुकी थी, इससे छुटकारा पाने के लिए उसने साहसी फ़ैसला कर डाला और पंडित के साथ रवाना हो गयी। स्कूल की नौकरी तो बहाना थी, पंडित ही इस समय उसके लेशमात्र जीवन-निर्वाह का एकमात्र सहारा थे। बदले में वह उसे सब कुछ देने को राज़ी थी।

शहर में भिन्न-भिन्न स्थानों पर छः महीने काटने के पश्चात् पंडित शीला को बाबा के आश्रम ले आया। शीला समझ चुकी थी कि पंडित अपनी होशियारी और हेरा-फेरी की कमाई ही घर लाता है, नौकरी या व्यवसाय तो उसका कुछ था नहीं। अलग-अलग लोगों और अलग-अलग परिस्थितियों के बीच रहने की वह आदी हो चुकी थी। सब लोग उसे विवाहिता मानकर यथोचित आदर देते थे, पंडित उसके औरों से मिलने या बातचीत करने पर रोक नहीं लगाता था। उसकी मिलनसार एवं हँसमुख प्रवृत्ति सभी को आकर्षित करती थी और इसका लाभ पंडित ले ही लेता था। बाबा के आश्रम में भी ऐसा ही हुआ। जैसे ही उसे लगा कि शीला बाबा को भाने लगी है, उसने अपनी बात छेड़ दी।

बाबा के पैर दबाते-दबाते वह बोला, “बाबा, एक बात कहनी थी आपसे...।”

“बोलो क्या बात है...?” बाबा ने कहा।

“बाबा, आप तो संन्यासी हैं पर मैं गृहस्थ हूँ। आगे पीछे का सोचना ही पड़ता है।”

बाबा समझ गये कि पंडित अपनी कमाई के विषय में चिन्तित है। उन्होंने कहा, ‘क्या सोच रहे हो?’

“बाबा, आश्रम का इतना बड़ा बगीचा है, सारे के सारे फलों के पेड़ हैं। जिसका मन हुआ, तोड़ कर खा लिया। फलों से कुछ तो आमदनी हो ही सकती है।”

बाबा को इसमें कोई आपत्ति नज़र नहीं आयी। बाग़ का दायित्व पंडित ने सँभाला। आश्रम में ठहरने वाले यात्रियों पर बाग़ के लिए

कुएँ से पानी निकालने का श्रम एक तरह के शुल्क के रूप में जड़ दिया गया। बन्दरों और चिड़ियों से आस-पास के छोटे बच्चे निपट लेते थे। उन्हें भी फ़सल पर एक-आध अमरूद, कुछ जामुन आदि बीनने को मिल जाता था। फल तैयार होते ही पंडित आश्रम के गेट पर दुकान लगाकर पथिकों से अच्छे-खासे पैसे पैदा करने लगा। उधर शीला झाड़ू-बुहार और रसोई से निवृत्त होकर अधिकांश समय बाबा के पास ही बिताती थी। इसी बीच बाबा अस्वस्थ हुए और लगभग दो माह तक छत से नीचे नहीं उतरे। शीला ही उनकी देख-भाल करती थी, हाथ-पैर दबाती थी, धूप में लिटाकर उनके तेल भी लगा देती थी। बाबा इस यौवना की तीमारदारी का आनन्द ले रहे थे। दूसरी ओर पंडित धड़ाके से बाग़ की मिट्टी पास के ईंट-भट्टे को बेच रहे थे। बस, पेड़ों के तनों के चारों ओर की मिट्टी ही छोड़ दी जाती थी जिससे छत से देखने पर वृक्षों की टहनियाँ और पत्ते जस-के-तस नज़र आयें।

कहते हैं कि पेट भरने के बाद मनुष्य की सबसे ज्वलन्त प्रवृत्ति कामेच्छा ही है। यौवनारम्भ में जो यौनाकर्षण शुरू होता है उसका अन्त जीवन के साथ ही होता है। तारुण्य में अत्यधिक उद्यमी क्रिया-कलाप, अधेड़ अवस्था में अपने साथी-संगी के अलावा इधर-उधर की ताक-झाँक और बदलाव की लालसा, सठियाने के बाद गुज़रे ज़माने के लिए मलाल और दिन-रात युवा काठी को निहारने की फ़ितरत और उसके नज़दीक रहने की फिराक। जीवन के इस पहलू में तृप्ति दुर्लभ होती है, शारीरिक क्षीणता अथवा मानसिक साधना केवल आक्रामकता को ही बस में रख पाते हैं, इच्छा को नहीं। बाबा भी इसी अवस्था से गुज़र रहे थे। उन्होंने अपने को रोकने की बहुत कोशिश की परन्तु उनका मन शीला की निकटता एवं उसके स्पर्श के लिए निरन्तर लालायित रहता था। अन्त में, जिस प्रकार शराबी अथवा कामुक व्यक्ति अपनी पिपासा की तृप्ति के लिए बहाना ढूँढ़ कर अपने मस्तिष्क की नैतिक आपत्तियों को शान्त कर देता है, उसी प्रकार बाबा भी इस निष्कर्ष पर पहुँचे कि पुरुष को

स्त्री की आवश्यकता को झुठलाया नहीं जा सकता, उसको हासिल करना ही उसके बन्धन से छुटकारा पाने का एकमात्र सहारा है। फिर क्या था? बाबा ने शीला को बुलाकर अपने पास चारपाई पर बिठा लिया। शीला भी लज्जा और संकोच छोड़ बाबा की मोक्ष-प्राप्ति के लक्ष्य के लिए सहर्ष एक साधन बन गयी।

यह सिलसिला कुछ महीनों चला। वास्तव में शीला की छोटी-सी दुनिया की छोटी-सी आशाएँ थीं। खाना, कपड़ा, पुरुष का साथ, अपने यौवन और काठी के प्रति मर्दों का लालायित्व और आश्रम में आने-जाने वालों से हल्की-फुल्की बातें और हँसी-मज़ाक़ उसकी खुशी के लिए पर्याप्त थे। मानसिक रूप से तो शीला बाबा की समकक्ष कदापि न थी, और अब उन्हें उसके क्रिया-कलापों में बचपना नज़र आने लगा था। इस प्रकार शारीरिक तृप्ति के साथ-साथ बाबा का शीला से मोहभंग भी हो चला। दूसरी ओर पंडित आश्रम की मिट्टी, लकड़ी, एक-दो वृक्ष और दो-चार हज़ार ईंट बेचकर फ़ारिग़ हो चला था। फलों के लिए तो लगभग एक वर्ष पड़ा था। आख़िर इस बीच काम कैसे चलेगा? सोच-विचार कर पंडित ने वहाँ से खिसकने का मन बनाया और एक दिन बाबा से बोला, "घर से सन्देसा मिला है, माँ की हालत अच्छी नहीं है।"

बाबा उसकी बातों पर कभी भी विश्वास नहीं करते थे। उन्होंने एहतियातन कहा, "जाओ, दो-चार दिन माँ को देख आओ।"

"देख आने से शायद काम न चले," पंडित बोला। "ख़बर अच्छी नहीं है। पड़ोस का श्याम किशोर मिला था, कह रहा था कि उठ-बैठ नहीं पातीं, सेवा-टहल की आवश्यकता है। पता नहीं कितने दिन और चलें...।"

अन्त में पंडित ने स्पष्ट कर दिया कि उसे शीला को लेकर तुरन्त गाँव जाना पड़ेगा। शीला का अपने ही गाँव में वापिस जाकर पंडित के घर रहना असम्भव प्रतीत होता था। बाबा समझ गये कि पंडित किसी जुगाड़ में है और कोई नया अवसर तलाश चुका है। परन्तु वे कहते क्या, और करते क्या? थोड़ी देर बाद शीला उनका

भोजन लेकर आयी। थाली उनके सामने रखकर चुपचाप खड़ी रही। बाबा कभी उसकी ओर देखते थे, कभी भोजन की थाली की ओर। कुछ देर बाद उन्होंने थाली सरका दी, भोजन को हाथ तक नहीं लगाया। शीला की आँख से आँसू टपक पड़े, वह सिसक-सिसककर रोने लगी। बाबा चारपाई से उठे और उसके कन्धे पर हाथ रखकर उसे चिपटाकर खड़े रहे। एक भी शब्द या वाक्य किसी के मुख से नहीं निकला। कई क्षण इसी दशा में गुज़र गये। तब शीला ने आहिस्ता से अपने को बाबा के आलिंगन से मुक्त किया और भोजन से भरी थाली उठाकर उनकी ओर देखने लगी। उसे मालूम था कि बाबा खाना नहीं छुयेंगे। थाली ले जाने के लिए वह जैसे ज़रा सी मुड़ी तो बाबा ने बड़े दुःखी स्वर में कहा, "शीला, तुम्हें देने के लिए मेरे पास कुछ नहीं है...।"

कुछ सोचने के पश्चात वह बोली, "लेकर करूँगी भी क्या? वह तो पंडित ही ले लेगा।" और यह कहकर वह धीरे-से चली गयी।

दोपहर बाद पंडित छत पर आया और बाबा से विदा लेकर नीचे चला गया। शीला ऊपर नहीं आयी। थोड़ी देर में पंडित के किसी यात्री से 'जय-राम' करने की आवाज़ बाबा के कानों में पड़ी। वे तुरन्त छत की मुँडेर पर पहुँचकर आश्रम के गेट की ओर देखने लगे। पंडित-पंडितानी बाहर निकलने ही वाले थे। शीला के हाथ में बिछौने का एक पतला-सा बंडल था, उसका सिर ढका था। गेट लाँघने से पहले वह यकायक मुड़ी और बाबा को मुँडेर पर खड़ा देख एक क्षण के लिए सहम गयी। फिर धीरे-से सिर नीचा करके वह वापिस मुड़ी और आश्रम के बाहर निकल गयी।

इन कुछ महीनों में शायद बाबा की स्त्री-सुख की लालसा शान्त हो चुकी थी और सम्भवतः वे अपने को एक अहम् विषाद से मुक्त पा रहे थे। परन्तु यह कहना कठिन होगा कि इस सबसे शीला को क्या मिला। न भौतिक सुख, न गहने, न वस्त्र, न विशेष आदर-सम्मान......शायद केवल एक ऊँचे वर्ग के व्यक्ति से निकटता का बोध, उसके जीवन में रस घोलने का हर्ष, बाबा की सेवा-शुश्रूषा

में उनकी आत्मा की तृप्ति का अवलोकन......पता नहीं हृदय और मानस की कौन-सी नसें कौन कैसे छू देता है और आत्मा को आनन्द और मन को शान्ति देकर चला जाता है।

शीला के जाने के बाद बाबा ने अपने को असमंजस की स्थिति में पाया। उनको न दुःख था, न किसी प्रकार की राहत। असल में वे कुछ सोच ही नहीं पा रहे थे, जिस प्रकार किसी अप्रत्याशित घटना के तुरन्त बाद दिल और दिमाग़ कुछ महसूस नहीं कर पाते हैं। दोपहर होते-होते उन्हें आश्रम में सूनापन लगने लगा। भोजन का भी समय हो चला था परन्तु आज कोई पूछने वाला नहीं था सो एक अनियोजित उपवास ही हो गया। बाबा ने कुएँ से जल निकाला, हाथ-मुँह धोया, एक खटोला खींचकर पेड़ की छाया में लाये और वहीं लेट गये। आस-पास के कुत्ते कुएँ की नाली में इकट्ठा पानी पीकर बाबा के इर्द-गिर्द आकर बैठ गये जैसे किसी रिक्तता को भरने की कोशिश कर रहे हों।

शाम के समय दो-चार राहगीर आश्रम पर पहुँचे और बाबा से आज्ञा लेकर वहीं रात बिताने का इन्तज़ाम करने लगे। हाथ-मुँह धोकर जब वे चूल्हे के लिए सूखी लकड़ियाँ बटोर रहे थे तो बाबा ने उनके मुखिया को बुलाकर दो रुपये पकड़ाये और कहा, “अरे, कुछ सीधा ले आओ, अपने साथ ही दो रोटी मेरे लिए भी सेंक देना...।”

अधेड़ उम्र का ग्रामीण दो रुपये का नोट देखते ही दो क़दम पीछे हटकर बोला, “नहीं नहीं, बाबा...रुपया आप रखें। आप हमारी दो रोटी खाओगे हमारा भी उद्धार होगा।”

शाम के भोजन की व्यवस्था हो गयी। खा-पीकर बाबा ऊपर अपने कक्ष में जाकर सो रहे। दूसरे दिन प्रातः वे प्रसन्न मन से उठे और नीचे आकर शौच-क्रिया आदि में व्यस्त हो गये। नहाते समय वे अजीब-सा हल्कापन महसूस कर रहे थे, जैसे शीला से विछोह का बोझ उनके सीने से हट गया हो, जैसे वे एक प्रकार से स्वतन्त्र, स्वच्छन्द हो गये हों। स्वाभाविक रूप से भी वे पीछे मुड़कर देखने वालों में से नहीं थे, वर्तमान से जूझना ही उनकी फ़ितरत में था।

और इस वर्तमान में उनको यकायक लगने लगा कि जैसे वे एक बन्धन से मुक्त हो गये हों, जैसे एक मोह-पाश में फँसकर, उसमें डूबकर, नहाकर वे फिर उबरकर खुले आकाश के बीच आ गये हों। आज उनके मन में न कोई लालसा थी, न किसी की प्रतीक्षा, न किसी का मोह। वे वापस अपने निर्धारित पथ पर लौट आये थे और आगे चलने के लिए उत्सुक थे।

बाबा अब सप्ताह में दो-तीन बार ही बाहर निकलते थे। वह भी सीधे कचहरी, वहाँ से जो कुछ मुद्रा हासिल होती थी उससे रेवड़ी, बताशा, लैया आदि ख़रीद कर सड़क पर खेलते बच्चों को बाँटते हुए अपनी पुरानी कोठी के मार्ग से होते हुए वापस आश्रम आ जाते थे। जो रेज़गारी बचती थी उसे भी गरीब दिखने वाले लोगों में बाँट आते थे। अपने लिए आश्रम में थोड़ा आटा, एक-दो मुट्ठी दाल और नमक ही उनकी पूरी जिंस हुआ करती थी। इसकी आवश्यकता भी उन्हें तभी पड़ती थी जब एक-दो दिन लगातार कोई यात्री उधर से न गुज़रे। हाँ, एक काम उन्होंने और शुरू कर दिया था। जब कभी उनकी जेब में पैसे नहीं होते थे, तो वे कोठी के भीतर चले जाते थे। शुरू में तो बड़ी बहू तुरन्त आदर-सत्कार के बाद भोजन के लिए आग्रह करती थी। बाबूजी खाते तो न थे, परन्तु रोटियाँ बँधवाकर ले जाते थे। थोड़े ही समय में बड़ी बहू को मालूम हो गया कि वे सब कुछ बाँटने के लिए ले जाते हैं। किसी भी गृहिणी को, चाहे वह सम्पन्न घराने की हो अथवा निर्धन, ऐसी फ़िज़ूल-ख़र्ची कभी रास नहीं आती। सो बड़ी बहू ने भोजन के लिए पूछना बन्द कर दिया, केवल चाय का प्रस्ताव ही बाबूजी के समक्ष रखा जाने लगा। यह अवश्य था कि अगर उन्होंने 'हाँ' कर दिया तो चाय निखालिस गाढ़े दूध की ही बनाई जाती थी।

बाबूजी ने भी अपनी ज़रूरतें पूरी करने के नये उपाय ढूँढ़ लिए। कोठी में अन्दर घुसते ही वे चारों ओर देखना शुरू करते थे कि कहाँ क्या रखा है ख़ासतौर से जिंस के कमरे के बाहर के बरामदे में। बहू की आँख बचाकर वे प्याज़, आलू, सुखाने के लिए रखी

गयी दालें आदि जल्दी-जल्दी अपने कुर्ते की जेबों में भर लेते थे। इस तरह आश्रम लौटते समय उन्हें माँगने वालों से शर्मिन्दा नहीं होना पड़ता था। परन्तु बालक-गण जो बाबा से रेवड़ी-बताशा की अपेक्षा करने लगे थे, उन्हें प्याज़-आलू रास नहीं आता था। पहली बार जब एक बच्चे के हाथ में उन्होंने एक प्याज़ रखा तो वह पलट कर बोला, "जे का?"

एक बार तो लड़कों ने आलू-प्याज़ ले लिया, दूसरी बार लेने से इनकार कर दिया। बीच में उनको बताशा आदि मिलता रहा मगर फिर एक ऐसा दिन आया जब फिर वही आलू-प्याज़। उस दिन एक लड़का बोला, "क्यों बुढ़ऊ, बताशे खुद खा गये?"

सब लड़के हँस दिये, बाबा कुछ न बोले। लड़कों की ज़बान खुलती जा रही थी। उनकी स्वाभाविक आक्रामकता और उद्‌दंडता जो अक्सर बुड्ढों, निर्धनों, और अपने से कमज़ोर बच्चों को त्रस्त करने में अपनी तृप्ति प्राप्त करती है, और मुखर हो रही थी। एक दिन एक लड़का लैया आदि नहीं पाया तो बोला, 'अबे बुड्ढे, और क्यों नहीं लाया? साला, चुन-चुन कर देता है...।"

यह सुनकर बाबा को दुःख भी हुआ और आक्रोश भी। वे अपनी मर्ज़ी से अपना धन बाँट रहे थे, परन्तु ये लौंडे उस पर अपना अधिकार समझने लगे थे, न पाने पर ऐसे अप-शब्द, न उम्र का लिहाज़, न उनकी हैसियत से वाक़िफ़...इनकी ऐसी-की-तैसी। वे सब देना-दिवाना बन्द कर देंगे, उन्हें क्या पड़ी है कि सड़क की गन्दगी को अपने हाथ लगाते घूमें...भाड़ में जायें ऐसे निर्धन, चाहे बूढ़े, चाहे बच्चे, देते रहो तो सब ठीक है, देने के लिए जेब में कुछ न हो तब इनके रंग देखो...ऐसे घूरते हैं जैसे ऋणी हम हैं, इनका उधार खाए बैठे हैं...।

रात तक ग़ुस्सा शान्त हुआ। चारपाई पर पड़े-पड़े यकायक उन्हें एक ख़याल आया—आख़िर एक जानवर को भोजन दिया जाये तो वह भी कुछ पाने की आशा में नियन्त्रित रूप से आने लगता है और न पाने पर अपने स्वभाव के अनुसार आग्रह भी करने लगता

है। जैसे आटा पाने वाली गाय का दरवाज़े पर आकर हुंकार लगाना, जैसे परके हुए मोर का समय से आकर आटे की गोली के लिए गुहार लगाना। अन्तर सिर्फ़ इतना है कि जानवर केवल अपेक्षा करता है, प्रेम और कृतज्ञता से आपकी ओर निहारता है, माँगता है, और मनुष्य...मनुष्य छीना-छपटी पर उतर आता है...फिर भी स्वभाव तो एक ही है, प्रतिक्रिया अवश्य भिन्न-भिन्न।

बाबा सोचते रहे कि यह तो मुफ़्त में कुछ पाने वालों की प्रतिक्रिया रही परन्तु देने वाले की प्रतिक्रिया कैसी होनी चाहिए? देने वाला तो दया से प्रेरित है, और दया में बड़प्पन, और बड़प्पन में अंहकार निहित है। यह विचार आते ही वे रात के अँधेरे में उठकर छत पर ठहलने लगे। क्या उनकी परेशानी का कारण उनका अंहकार ही था? एक प्रकार से बच्चों की प्रतिक्रिया तो स्वाभाविक थी। उन्होंने तो कुछ माँगा नहीं था, स्वयं बाबा ने ही उनको रेवड़ी-बताशे का आदी बनाया था। उनकी प्रत्याशा को जीवित करके उसकी तृप्ति का दायित्व न निभाना—इसका दोष तो उन्हीं के पाले में जाता था। यह अलग बात थी कि उन्होंने अपने जीवन में असभ्यता या उग्रता का सामना नहीं किया था, किसी ओर से किसी की हिम्मत या हैसियत नहीं थी जो उनसे अशिष्ट व्यवहार कर पाता। परन्तु यह लड़के क्या जानें कि वे कौन थे और वे किसे अपमानित कर रहे थे?

यही सोचते-सोचते नहीं मालूम कि कब वे अपनी शैया पर लेटे, कब सोये, और प्रातः कब उठे। जब आश्रम से कचहरी की ओर चले तो उनके क़दम दृढ़ थे, मुख पर एक नये निर्णय की आभा थी। कचहरी में वे थोड़ी ही देर रुके। कुछ रुपया प्राप्त कर वे तुरन्त वहाँ से चल दिये। रास्ते में उन्होंने बताशे ख़रीदे और आश्रम की ओर चल पड़े। जहाँ भी बालकों का झुंड दिखा वे रुके और छोटे बच्चों को बताशे बाँटने लगे। अधिक उम्र के बालक, विशेषतः वे जो अक्खड़ और उद्दंड दिखते थे उनको वे कुछ नहीं दे रहे थे। पहले एक दो दिन तो ऐसे बालक कुछ नहीं बोले, परन्तु आख़िर में उनसे रहा नहीं गया।

"क्यों बे बुड्ढे! हमें क्यों नहीं देता?" एक बालक ने पूछ ही लिया।

बाबा ने जान-बूझ कर अनसुनी कर दी। दूसरे दिन कुछ लड़के और भी उग्र हो गये। उन्होंने बाबा से लैया और बताशे छीन लिए। तीसरे दिन जब वे छीना-झपटी करने लगे तो बाबा चिल्लाये, "अबे, हरामख़ोर! नहीं दूँगा। ज़ोर-ज़बरदस्ती है...? अभी मार-मार के ठीक कर दूँगा...बदमाश कहीं के...।"

अगले दिनों में बाबा और बालकों के बीच की तकरार और बढ़ती गयी, इतनी कि बाबा को देखते ही कुछ लड़के उन पर टूट पड़ते थे और ज़बरदस्ती उनसे खाद्य-सामग्री लूट लेते थे। थोड़ी धक्का-मुक्की भी हो जाती थी और बाबा के गंजे सिर पर एक-आध टीप भी लग जाती थी। परन्तु बाबा रोज़ ऐसे ही बालकों के बीच पहुँचते थे और रोज़ाना गालियाँ, थोड़ी-बहुत मार खाकर अपने आश्रम पहुँचते थे।

बाबा और बालकों की रोज़ाना की नोक-झोंक चर्चा का विषय बन गये और इसकी रपट कोठी तक जा पहुँची। परिवार वालों को विस्मय हुआ, फिर उद्‌दंड बच्चों पर आक्रोश। कनिष्ठ पुत्र गुस्सैल थे उन्होंने तुरन्त दो हट्टे-कट्टे नौकरों को बुलाकर आदेश दिया, "कल से दोपहर को आप लोग कचहरी पहुँचेंगे और वहाँ से बाबूजी के पीछे-पीछे चलेंगे। अगर लौंडे बदतमीज़ी करते हैं तो उनकी अच्छी धुलाई हो जानी चाहिए।"

नौकर ज़मींदारी के काश्तकार परिवारों के थे, सब-कुछ समझते थे। आदेश के पालन के लिए दृढ़ता से सिर हिलाकर चल दिये। परन्तु ज्येष्ठ पुत्र इस समस्या पर बारीकी से विचार करने के बाद बोले, "छोटे, यह तो तुम कभी भी करवा सकते हो...मेरी समझ से एक बार बाबूजी से भी पूछ लिया जाये कि वे ऐसा क्यों कर रहे हैं...।"

"बाबूजी सठिया गये हैं," कनिष्ठ पुत्र आक्रोश में बोले, "किरकिरी तो हम लोगों की हो रही हैं अगर आपको उनका बहुत ख़याल है तो उन्हें घर में बिठाइये, नहीं तो ऐसा ही करना पड़ेगा...।"

"जल्दबाज़ी न करो छोटे...," बड़े भाई ने समझाया। "लड़कों

को पिटवाने पर बात का बतंगड़ ही बनेगा। जिसने न सुना होगा वह भी जान जायेगा और मज़ा लेगा। हमें बाबूजी को ही रोकना होगा नहीं तो दो-चार दिन बाद फिर वही तमाशा होगा।"

यह वार्ता चल ही रही थी कि उनके चचाज़ात भाई अखिलेश और मधुकर वहाँ आ पहुँचे। वे भी दो-चार दिनों से बाबूजी और सड़क के बच्चों के बीच की हाथा-पाई, गाली-गलौज़ के क़िस्से सुन रहे थे और इस पर उत्तेजित भी थे।

"अरे भाई साहब, यह बाबूजी को क्या हो गया है?" अखिलेश बाबू बोले। "एक वह पंडितानी...अब क्या कहा जाये...लोग तो बकवास करते ही हैं। फिर भी वह दूर आश्रम का मामला था... परन्तु यह तो...।"

बाकी मधुकर ने पूरा किया—"लोग कहते हैं कि तुम्हारे ताऊ बच्चों को गालियाँ बकते हैं और पलट के लौंडे उन्हें और गन्दी गालियाँ देते हैं, उनके कपड़े फाड़ देते हैं, उनको ढेले भी मारते हैं, जैसा पागलों के साथ करते हैं। और, बाबूजी? सुना है वे हँसते रहते हैं और जान बचाकर भागते हैं...।"

बाबूजी के हँसने की बात सुनकर ज्येष्ठ भ्राता गम्भीरता से सोचने लगे। उन्हें लगा कि यह एक साधारण सी घटना नहीं थी, पता नहीं बाबूजी किस नयी फ़ितरत में हों...।

आख़िर में तय हुआ कि मधुकर, जिनकी वाणी विनम्र थी और स्वभाव सहनशील, वे ही जाकर बाबूजी से बात करें और उन्हें समझाएँ। दूसरे दिन प्रातः वे आश्रम पहुँचे और चरण-स्पर्श के बाद बाबूजी के पैंताने बैठ गये। कुशल-क्षेम की औपचारिकता के बाद बाबूजी ने पूछा, "कहो, कैसे आये?"

"कुछ दिनों से आपसे आशीर्वाद नहीं लिया था...इसलिए...।"

कुछ क्षण शान्त रहने के पश्चात् वे फिर बोले, "अरे ताऊजी, यह लड़के आपको क्या तंग करने लगे हैं? मुहल्ले के लोग कह रहे थे कि ब्रह्मपुरे के लौंडे कुछ ज़्यादा ही उद्दंड हो गये हैं, हर बूढ़े को पागल समझकर छेड़ते है...।"

बाबूजी ने कोई उत्तर नहीं दिया। मधुकर ने बात और बढ़ाई—"छोटे भैया कह रहे थे कि यह लौंडे आपको गाली देते हैं। भैया बहुत ग़ुस्से में थे। वे कल ही इन लौंडों को ठीक करने का मन बना रहे हैं। कल से शायद गेंदा और रशीद आपके साथ आया-जाया करेंगे।"

बाबा हँसे और बोले, "तुम लोग नाहक मेरे लिए परेशान होते हो। दो-चार बातें बच्चों ने कह दीं, दो-चार हमने, तो इसमें कौन बड़ा अनर्थ हो गया...।"

"अरे, आपको कोई गाली दे, कोई ढेला मारे और हम केवल देखा करें? आपके नाम से सारा ख़ानदान जाना जाता है, आपके कारण किसी की हिम्मत है कि हमारे एक बच्चे को कोई उँगली भी लगा दे? और अब आप ही के साथ...?"

"अब मेरा क्या...तुम लोग अपना सोचो।"

बात आगे बढ़ती न देख मधुकर वापस लौट गये। अगले दिन से फिर वही रपटें आने लगीं। बाबूजी रोज़ाना बच्चों से उलझने पहुँच जाते थे और रोज़ अपनी भद्द करा के चले आते थे। मधुकर को फिर आश्रम भेजा गया, इस बार बाबूजी से सख़्ती से कहने के लिए कि वे आश्रम पर ही रहें तो बेहतर होगा। वैसे भी उन्हें शहर से लेना-देना ही क्या था?

मधुकर ने परिवार की व्यथा बयान की और आग्रह किया कि वे बच्चों से उलझना बन्द करें। बाबूजी ने कोई उत्तर नहीं दिया, एक हल्की मुस्कान धरे मौन बैठे रहे। मधुकर वार्ता को निष्कर्ष पर ले जाने को उत्सुक थे, बोले, "लगता है कि बच्चों की हरकतों से आपको कोई आपत्ति नहीं है...।"

"बच्चों का स्वभाव ही शरारत करने का होता है, इसमें आपत्ति कैसी?" बाबा हँसकर बोले।

कुछ देर सोचने के पश्चात् मधुकर ने पूछा, "तो क्या यह सब आप स्वयं ही करते-कराते हैं?"

बाबा गम्भीर मुद्रा में आ गये और बोले, "तुम नहीं समझोगे...।"

"फिर भी...," मधुकर ने कहा। बाबा जानते थे कि परिवार

वाले इस बात को लेकर उनके पीछे पड़े रहेंगे क्योंकि यह उनके आत्म-सम्मान पर आघात था।

"तो सुनो," बाबा ने कहा, "मेरा झगड़ा बच्चों से नहीं है। यह झगड़ा तो मेरे अपने अहम् से है। रोज़ बच्चों से इसे पटकी दिलाता हूँ, फिर भी कभी-कभी सिर चढ़कर बोलने लगता है।"

बाबा की भवें तन रही थीं, श्वास जल्दी-जल्दी लेते हुए वे बोले, "मगर मैं इसको कुचलकर रख दूँगा, ऊपर जाने के पहले इसको मसल कर रख दूँगा... ।"

मधुकर मुँह बाये बाबा को देखते रह गये, ऐसे जैसे किसी को आसमान के ऊपर की दुनिया की झलक मिल गयी हो, या समुद्र की गहराई में झाँकने का अवसर मिल गया हो। वे कुछ न कह पाये। बाबा स्वयं अपनी दुनिया में लौट चुके थे, वे मधुकर की मौजूदगी का एहसास खो चुके थे। थोड़ी देर में मधुकर आहिस्ता से उठे, दूर से बाबा के पैरों की ओर अपना दाहिना हाथ बढ़ाकर नमन किया और चुपचाप आश्रम से चले गये।

कुछ ही दिनों में परिवार वालों ने बच्चों के बाबा के प्रति क्रिया-कलापों की ओर ध्यान देना बन्द कर दिया। समाज भी नित्य नये शगूफ़े अपने मनोरंजन के लिए खोजता है, रोज़मर्रा की घटनाओं से उसका ध्यान स्वयं हट जाता है। उधर बालकों को भी अब बाबा को सताने में मज़ा कम आने लगा था क्योंकि वह बुड्ढा पलटकर जवाब ही नहीं देता था। घंटो-घंटो बाबा सड़क के किनारे किसी मकान की सीढ़ी पर बैठे रहते, कुछ बच्चे आकर उनकी जेब-तलाशी लेते और जो कुछ मिलता उन्हीं के पास बैठकर खाते। धीरे-धीरे बच्चे उन्हें उठने-बैठने में सहारा देने लगे, उनका सोंटा उनको पकड़ा देते और मुहल्ले की हद तक उनको छोड़ भी आते थे।

बाबा पूर्ण रूप से उदासीन हो चले थे, रात या दिन, गर्मी अथवा सर्दी, भूख-प्यास से ऊपर हो चले थे। हाँ, यह अवश्य था कि दो-एक दिन भोजन न मिले तो क्षीणता बढ़ जाती थी। कचहरी के अवकाश के दिनों में यात्री भी कम आते थे। अतः जब भूख

तीव्र होती थी तो वे अपने लिए दो-चार मोटी रोटियाँ सेंक लेते थे। जो खाये बनीं सो खायीं, बची रोटियाँ वे रख लेते थे। जब वे सूख कर चबाने लायक नहीं रहती थीं तो बाबा उन्हें पानी में डुबोकर नरम कर लेते थे और नमक से खा लेते थे। एक बार बनाया हुआ भोजन लगभग एक सप्ताह तक भूख को उनसे दूर रखता था। मगर अब उनसे छत पर नहीं जाया जाता था। रज़ाई और एक-दो कपड़े उसी चारपाई पर पड़े रहते थे जिस पर आँखें मूँदे वे कई-कई दिन पड़े रहते थे। दूसरे-तीसरे दिन कोठी से कोई-न-कोई आकर उन्हें देख जाता था, वहाँ से लाया गया भोजन या कोई अन्य वस्तु वे स्वीकार नहीं करते थे।

समय बीतता गया। एक वह दिन भी आया जब उनका बड़ा नाती उन्हें देखने आया। बाबा चारपाई पर पड़े थे, पुकारने पर एक बार भी उन्होंने चक्षु नहीं खोले, धीमी साँस से पता चलता था कि वे जीवित हैं। नाती ने उन्हें छुआ तो जिस्म गरम था, जैसे तेज़ ज्वर उन्हें पकड़े था। नाती ने तुरन्त घर जाकर सूचना दी। ज्येष्ठ पुत्र नौकरों समेत मोटरगाड़ी से वहाँ पहुँचे। बाबूजी को उठाकर मोटर की सीट पर लिटाकर घर ले आये। शीघ्र ही डॉक्टर भी आ गया। डॉक्टर ने राय दी कि मरीज़ को तुरन्त अस्पताल ले जाया जाये। घर वालों की कानाफूसी बाबा के कानों में पड़ी तो उन्होंने आँख के इशारे से नाती को अपने पास बुलाकर उसके कान में कहा, "बड़े नवाब आये थे...बुलाने के लिए... ।"

बड़े नवाब उनकी जवानी के साथी थे, हम-प्याला, हम-निवाला थे, उनको मरे हुए लगभग बीस साल हो चुके थे। बाबूजी को उनके द्वारा बुलाये जाने का अर्थ सब समझते थे। फिर भी, अपनी कोशिश तो होनी ही थी, बाकी भगवान की मर्ज़ी। बिस्तर से उठाते समय उन्होंने नाती के कान में इतना अवश्य कह दिया, "अपनी ख़ुशी के लिए ले चलो, वैसे अब समय आ गया है।"

अस्पताल पहुँचते ही सिविल-सर्जन साहब ने स्वयं आकर मुआयना किया। बाबूजी को ऑक्सीजन-टेंट में रखा गया। रात होने

लगी थी, भोजन के लिए जाने से पहले सिविल-सर्जन साहब ने नब्ज़ पर हाथ रखा। कुछ देर पश्चात् अलग हटकर परिवार के सदस्यों से कहा, "बीमारी कोई नहीं है। बस, मशीन फ़ेल हो रही है...।"

रात के दस बज रहे थे। सिविल-सर्जन अपने बँगले से चलकर आ पहुँचे थे। उन्होंने नब्ज़ पर हाथ रखा और वैसे ही नब्ज़ पकड़े बैठे रहे। समय-समय पर वे सिर हिलाते तो सब समझते कि नब्ज़ अभी चल रही है, फिर लगभग पाँच मिनट तक वे बाबूजी का हाथ पकड़े रहे और एक बार भी उनका सिर नहीं हिला। अन्त में वे उठकर खड़े हुए और बोले...'बाबू शिवनारायन चले गये...।'

* * * * *

वर्षों बाद तक जब भी पूरा परिवार छुट्टियों अथवा त्योहारों पर एकत्र होता था तो नाती-पोतों के बीच बाबू शिवनारायन के विषय में चर्चा अवश्य छिड़ जाती थी। उनके जीवन की छोटी से छोटी घटनाओं को याद किया जाता था, उनका विश्लेषण किया जाता था, परन्तु कभी भी दोष ढूँढ़ने की नीयत से नहीं बल्कि समादर से और एक प्रकार की ईर्ष्या से कि काश उनमें से भी कोई इस प्रकार का जीवन व्यतीत कर पाता। एक नाती, बृजेन्द्र, जो ज़्यादा ही मुँहफट था, एक दिन बोला, "कुछ भी हो, बुड्ढा बड़ा रंगीन था...।"

जतिन ने भी अपना दृष्टिकोण सामने रखा "हाँ यार, कोई करम नहीं छोड़ा। न रहन-सहन में, न खाने-पीने में और न...।" आगे की बात अनकही छोड़ दी।

"देखो, आज भी उन्हीं के बनवाये घर में उन्हीं के सोफ़ा-सेटों पर हम बैठे हैं...याद है वह बैलगाड़ी जो गाँव जाने के लिए उन्होंने बनवाई थी जिसमें स्प्रिंग और जूट के गद्दे के ऊपर चमड़े की चादर मढ़ी थी...," मनीष ने कहा।

"हाँ, उसी में तो वह गूजरी साथ जाती थी, अरे वह गोरी-गोरी, पाँव में चाँदी के छल्ले और ऊँचा लँहगा...।" बृजेन्द्र ने कहा।

"अरे! कहाँ तक गिनोगे?" मनीष बोला, "मगर ऐश और ऐयाशी के अलावा उनका ग़ुस्सा भी गज़ब था। कितनों को बेघर कर दिया,

कितने उनके इशारों पर ऊपर भेज दिये गये, कितनी गड़बड़ियाँ मुक़दमों में कीं, कितनी जायदादें, सम्पत्तियाँ हड़प लीं...।"

"फिर भी बुड्ढा हमेशा कामयाब ही रहा, कोई लड़ाई नहीं हारा...," जतिन ने कहा।

"मगर कभी सोचा है कि बुड्ढा इस समय कहाँ होगा?" बृजेन्द्र ने ऊँची आवाज़ में पूछा और आगे कहा, "नरक में या स्वर्ग में?"

सब लोग अपनी-अपनी प्रवृत्ति के अनुसार इस सवाल का उत्तर ढूँढ़ने लगे।

"बड़ा मुश्किल सवाल है यह...," मनीष ने कहा।

कुछ क्षणों के बाद बड़े नाती की आवाज़ आयी, "भई, बुज़ुर्गवार बड़े हिकमती थे, बल्कि बड़े फ़ितरती थे, कभी कोई बाज़ी हारे नहीं। यदि नरक है और स्वर्ग है तो मुझे ताज्जुब नहीं होगा कि वे सबसे अच्छी जगह घुस लिए हों...।"

* * * * *

अधेड़ उम्र हो जाने तक सबसे अधिक बदलाव बृजेन्द्र के स्वभाव और प्रवृत्ति में आया। वह अपने अवकाश के दिन अधिकतर हिमालय के पहाड़ों और वादियों में ही व्यतीत करता था। बद्रीनाथ, केदारनाथ, हेमकुंड साहिब आदि स्थानों के इर्द-गिर्द ही उसका समय कटता था। कुछ तपस्वी साधुओं से उसका अच्छा परिचय हो चला था, उनकी संगत और उनके विचारों से लाभ उठाने का चाव उसे हो गया था। विशेषतः एक महात्मा, जिन्होंने अमरीका में विद्या ग्रहण करने के पश्चात् वहीं एक अत्यन्त लाभप्रद नौकरी कर ली थी और कुछ वर्षों बाद सब कुछ त्याग कर वैराग्य के मार्ग पर आ गये थे। एक बार नन्दप्रयाग के क्षेत्र में महात्मा जी बृजेन्द्र को साथ लिए भ्रमण कर रहे थे।

मन्दाकिनी के किनारे एकान्त में एक छोटा-सा आश्रम था, बल्कि एक गुफ़ा थी जिसके बाहर एक छोटा आँगन था जो दो-तीन फ़ीट की पत्थर की दीवार से घिरा था, उसमें एक आने-जाने का द्वार था। एक बूढ़ी संन्यासिन जो 'माई' के नाम से प्रख्यात थीं,

दिन-रात नरसिंह भगवान की मूर्ति के सामने जप-तप में लीन रहती थीं। आस-पास के ग्रामीण जंगल से लकड़ी लाते और सन्ध्या समय आँगन में माई के लिए आग जलाकर चले जाते थे। अक्सर जंगली जानवर सर्दी से बचने के लिए आग के पास आकर बैठ जाते थे। एक सायंकाल महात्मा जी बृजेन्द्र को माई के दर्शन कराने ले गये। जैसे ही उन्होंने द्वार में प्रवेश किया बृजेन्द्र का दिल दहल गया। आग की रोशनी में उसने दो बाघों को आँगन के फ़र्श से उठते देखा और एक ही क्षण में वे दोनों जीव महात्माजी और बृजेन्द्र के बीच होकर द्वार के बाहर निकल गये।

कुछ क्षणों के बाद जब बृजेन्द्र की साँस ठीक हुई तो उसने माई के चरण-स्पर्श किये और उनके इशारे पर पास बैठ गया। महात्मा जी ने आदर से कहा, "माई, यह बृजेन्द्र हैं। आपके दर्शन की तीव्र इच्छा प्रगट कर रहे थे, सो मैं इन्हें यहाँ ले आया।"

माई ने सिर हिलाकर सूचना स्वीकार की। उनके मुख पर परम-आनन्द की आभा छायी हुई थी और एक मन्द मुस्कान सदा उनके चेहरे और आँखों में खेलती दिखाई देती थी। उनकी उपस्थिति में लगता था जैसे जीवन में कष्ट नाम की कोई चीज़ है ही नहीं।

"बृजेन्द्र आजकल जीवन के उस पार की जिज्ञासा में फँसे हैं," महात्माजी ने माई को सम्बोधित करके कहा। "इनका चिन्तन एक विशेष बिन्दु पर केन्द्रित है—कि मनुष्य स्वर्ग अथवा नरक किन कर्मों से पहुँचता है, क्या त्याग ही इन्द्रियों को वश में करने का एक मात्र उपाय है, क्या साधारण जीवन के मध्य आशाओं, अभिलाषाओं को तृप्त करते हुए आत्मा को संसार से मुक्त नहीं किया जा सकता...।"

माई ध्यान से बृजेन्द्र की ओर देख रही थीं। जब वे कुछ नहीं बोलीं तो महात्माजी ने कहा, "सोचता हूँ कि इनको 'पितर पहाड़ी' पर ले जाऊँ, सम्भव है कि वहाँ किसी को पहचान कर यह स्वयं अपने निष्कर्ष निकाल लें...।"

माई ने फिर सर हिलाया और एक हाथ बृजेन्द्र के माथे पर

आशीर्वाद के रूप में रख दिया। माई के चरण-स्पर्श के पश्चात् दोनों वहाँ से चल दिये।

अगले दिन जब सूर्यास्त की वेला निकट थी तो महात्मा जी बृजेन्द्र को पगडंडी से एक पहाड़ी के ऊपर ले आये। रास्ते में उन्होंने बताया था कि इस पहाड़ी पर लोग अपने पितरों के दर्शन करने आते हैं। सायंकाल जब झुटपुटा होने लगता है तो बैकुंठवासी सामने के ऊँचे पर्वत पर पश्चिम दिशा को जाते दिखते हैं। सन्तों का मानना है कि जो मनुष्य स्वच्छ भाव से अपने पूर्वजों का ध्यान करता है वह अपने पितरों को उस पहाड़ के ऊपर जाता देख पाता है।

लगभग आधे घण्टे तक बृजेन्द्र टकटकी लगाये उस पहाड़ के ऊपर देखता रहा। उसकी आशा क्षीण हो ही रही थी कि एकदम से पहाड़ के ऊपर कुछ हिलता नज़र आया। एक-दो क्षणों में वहाँ मनुष्यों के आकार दिखने लगे। अधिकांश वृद्ध थे, परन्तु कुछ युवा भी, स्त्री-पुरुष सब एक वस्त्र धारण किये थे, वस्त्रों के रंग बृजेन्द्र की चेतना में नहीं आये, और सभी या तो अकेले या छोटे समूहों में शृंखला-बद्ध होकर पश्चिम की ओर जा रहे थे। बृजेन्द्र को कोई परिचित चेहरा नज़र नहीं आया। इतने में एक सफ़ेद दाढ़ी वाले साधु दिखने वाले व्यक्ति के साथ एक और चेहरा दिखा। यह चेहरा कुछ परिचित लगता था। बृजेन्द्र एकाग्रता से उस चेहरे को पहचानने की कोशिश कर रहा था। अचानक उसके मुँह से एक शब्द निकल पड़ा—'बाबा......!'

❑❑